搒致文库

白石老人的虫子

王祥夫 著

山西出版传媒集团
北岳文艺出版社
BEIYUE LITERATURE & ART PUBLISHING HOUSE
·太原·

图书在版编目（CIP）数据

白石老人的虫子 / 王祥夫著 . — 太原：北岳文艺
出版社 , 2019.1
（格致文库）
ISBN 978-7-5378-5739-0

Ⅰ . ①白… Ⅱ . ①王… Ⅲ . ①随笔—作品集—中国—
当代 Ⅳ . ① I267.1

中国版本图书馆 CIP 数据核字（2018）第 252691 号

书　　名：白石老人的虫子
著　　者：王祥夫
责任编辑：谢　放
书籍设计：鸿儒文轩·书心瞬意
————————
出版发行：山西出版传媒集团·北岳文艺出版社
地　　址：山西省太原市并州南路 57 号
邮　　编：030012
电　　话：0351-5628696（发行部）
　　　　　0351-5628688（总编室）
网　　址：http://www.bywy.com
E - mail：bywycbs@163.com
经 销 商：新华书店
印刷装订：北京中华儿女印刷厂
————————
开　　本：787mm×1092mm　　1/32
字　　数：104 千字
印　　张：7.125
版　　次：2019 年 3 月第 2 版
印　　次：2019 年 3 月北京第 1 次印刷
书　　号：ISBN 978-7-5378-5739-0
定　　价：45.00 元

水，活活地流着
——从《祥夫言事》说起

卫洪平

　　五年前我刚来大同，见《大同日报》"云冈"副刊有个专栏《祥夫言事》，读了《从画说到肥皂》，旁批："祥夫此文让我想到张岱，散散漫漫，随手写着，一种气息弥散开来。"

　　不久张焯介绍认识了王祥夫，且熟稔起来，读到他更多的新书、旧著。《祥夫言事》专栏也一路读下来，大约已逾两百篇矣。怎么说呢，借用汪曾祺写河南林县红旗渠的话，就是："水在山腰的石渠中活活地流着！"

　　王祥夫推崇的人不多，汪曾祺是一个。他和汪先生有些像，都以短篇小说见长，都擅长文人画，画的名气也都不小。还有，都喜欢写散文随笔。汪先生写紫薇："根本分不清它是几瓣，只是碎碎叨叨的一球。"王祥夫写瓜子："倭瓜子不像葵花子那么碎叨，最碎碎叨叨的是那种黑色的小葵花子。"汪

1

先生在张家口沽源下放过，王祥夫长年在大同，"碎碎叨叨"大概是坝上和塞上一带民间的口语吧。俩人散文随笔的语言、格调，都碎碎叨叨的，但又各是各。如果说汪先生是三秋树，王祥夫就是三棱镜：里面有二月花，有三秋树，也有六月雪。

王祥夫平时爱看新闻，一次动了气，将一杯茶水泼到电视屏幕上，但过后还是要看。他说："多少年来，我心里有很多的愤怒，只是这几年，愤怒好像慢慢慢慢消淡了许多，而忧郁却像是多了起来。"他崇敬鲁迅，半月前云冈石窟研究院和北京鲁迅博物馆为纪念鲁迅诞辰一百三十五周年暨逝世八十周年，在云冈美术馆举办"朝花夕拾——鲁迅的美术世界"展览，我们一起参加开展仪式，他在致辞中郑重地讲："鲁迅先生……在我的心里始终是一座山。""鲁迅先生即使不完美，在中国文学史上依然是一座不可逾越的高峰。"熟悉王祥夫创作的人，知道他常用小说承载愤怒和忧郁，在散文随笔里，那些愤怒的、忧郁的碎片，会使舒缓的笔调峻急、凝重起来。金宇澄说王祥夫小说里有一种"积压在温情背后的寒风"，我看散文随笔里也有。《避雨读画》本意是以画家的眼光，谈中国古典人物画中主要人物与次要人物大小悬殊的问题，却一再提到在高速路上亲身经历的一件添堵的事，感叹"时间过去了几千年，什么大，什么小，到今日还真让人不好说"。只是感叹，没有讽刺。王祥夫笔下多感叹，少诙谐，无讽刺。读《乡村画匠》让我想起小时候家里炕上铺的一块油布，墨绿的底子上开着几朵乡村画匠画的大红牡丹，母亲总是把油布擦得明光锃亮，满屋子喜气。作家忧郁的情绪在我心中激起涟漪："美的时日竟是这样哗哗哗哗水样地流走！"几天前看吴天明导演的《百鸟朝凤》，影片演绎的也是这种无法排解的忧郁。读《井下骡子》我心里堵得慌，作家悲悯的心，显然被那匹在小煤窑斜井下拉煤、极度困乏、极度痛苦的骡子刺得很痛很痛，忘情地一遍遍呻吟着："可怜的骡子！"

古人写庙堂，写江湖，也写家常。归有光、张岱都是写家常的高手，后者更是了得。王祥夫对柴米油盐兴味很浓，爱写家常，文字里有道也有禅。在他看来，"家常之所以好，是有人性人心在里边"。有一年他去湖南好长时间才回来，母亲高兴极了，炒了菜又问他，喝酒吗？他说喝，母亲忙给他倒酒，才喝三杯，母亲便说喝酒不好要少喝，他放下杯子，母亲笑了，说离家这么久就再喝点儿……母亲"又怕儿子喝，又想儿子喝"，我含着泪笑着读完，这个细节怎么也忘不了了！他还写过母亲的假牙、母亲的吊兰、母亲蒸的馒头、母亲做的春饼。《画芍药记》里提到父亲："芍药开花的时候家大人会搬一把藤椅坐在芍药那里喝茶，既然时已入夏，父亲穿一条淡米色派力士裤子，上边是白府绸衬衫，人坐在那里真是爽然好看。"一处闲笔，使这位在日本长到十八岁才回来，二十世纪五六十年代经常穿着棕色皮夹克、挂着望远镜、背着双筒猎枪去打猎，又爱在家里做枯山水的"家大人"灵光一闪。

3

王祥夫笔下的家常，很博也很杂，学、识、才、情、趣味，糅合在一起。生活中许多名物，人们只是见过、吃过、听过、玩过，知其一，哪知其二其三。王祥夫好厉害，知之多，察之也详，写过：桃、樱桃、杏子、蓖麻、黑鱼、虾、螺蛳、田鸡、灶鸡、酒、酱、黍、黄米、山药、冬瓜、藕、毛豆、豆腐、玉米、荞麦、高粱、荠菜、宁武蘑菇、麻花、角黍、茄盒儿、浆水面、羊杂割、南北油茶、咸菜慈姑汤，还有梧桐、棕榈、菖蒲、沙棘、竹器、红湘妃、六道木、铁如意、手风琴、吉他、荷花、牡丹、丁香、山茶、芍药、天竺葵、眼镜、伞、香、香道、胭脂、梅瓶、山子、拔步床、竹夫人、骆驼、蛤蟆、蝼蛄、蜣螂、知了、蝈蝈、麻雀、猫、红蜻蜓、砟碳、紫藤、猪鬃、酒瓶、甩子（拂尘）、砚瓦、毛笔、玉臂搁、琉璃咯嘣儿……

　　琉璃咯嘣儿晋南叫"圪棒棒"，我小时候也吹过，前年去古城一家民俗博物馆，见到大同生产这种玩具的老照片，感到亲切。读了《玻璃乐器》引用的《波斯工艺美术史》上"以玻璃做吹器也"，才知道这种玩具的制作工艺，早在公元四五世纪就从波斯传到东方大都会北魏平城了，一时思接千载！王祥夫喜欢香，写作时会烧一点点沉香屑，文士的优雅，民间的情怀，缭绕笔端。我佩服他说的"民间香道"：夏天的"晚上，点一根艾草，既熏蚊子又闻香，我以为这便也是香道，民间的香道"。他还从原生态琥珀里边"无限的不可知"，悟出短篇小说写作的妙谛。

和汪曾祺一样，王祥夫也喜欢谈吃。爱读《随园食单》《知堂谈吃》《学人谈吃》，在他眼里，《随园食单》比《随园诗话》还要好。谈吃的文章，有长篇散文《食小札》，随笔集《四方五味：中国民间饮食文化散记》，新出版的《青梅　香椿　韭菜花》有不少也是谈吃的。我和几个朋友还品尝过他烧的一道新鲜的马兰头，那是南方一位朋友给他快递的。

在谈吃谈玩的文字里，王祥夫常会写到风俗，有世道人心在里面，社会学、民俗学研究者会感兴趣。他又好收藏，赏玩藏品的时候留意古代风俗。他有一只四个银管绞成的辽代银镯，"霸悍好看"，千年前一位年轻的将军戴着它战死沙场。王祥夫买下后请金店的朋友用吹灯打理，结果吃了一惊：细细的银管里，居然塞着手抄的祈求平安的《心经》！于是他写了一篇包罗恣肆的《辽代银镯记》。他还在收藏的古镜上发现，"五月端午，这一天在古时是做镜子的时间，要用江心水，许多古镜上都有'五月五日江心水做照子'字样"。

王祥夫是一位博物家，爱玩儿，也会玩儿。那么多的名物到了他那儿，入眼、入手、入脑、入心，有些还能入画，他的画蔬果草虫居多，玉米、谷子、蜻蜓、蚂蚱……题款也有意思，画白菜、菌子，喜欢题"山民清馔"，而不是"君子清白"之类。他偶尔题在画上的文字也是有趣的随笔。

要说王祥夫最喜欢的，我看还是梅花。他十三岁跟着父亲的朋友朱可梅学画金农的梅花，十四五岁读周瘦鹃《盆栽趣味》便喜欢上那里面一盆宋梅，五六十岁推崇"文学老梅"台静农画的梅花和《龙坡杂文》。梅花，数十年间他画了多少，写了多少，真不好说。仅文章标题带"梅"字的就有，《友梅》《说梅花》《纸上的梅》《另一种梅》《〈腊梅珍禽图〉的细节》。难怪他对宋代那位"霸"梅为妻的林处士，表示过不满。年年春节，他家的对联都是："春随芳草千年绿，人与梅花一样清。"他说做人要像梅花一样，"一点一点从苦寒里开出那最好的花"，又说"艺术"二字要从眼上过，再从心上来，做人做事也如此。

王祥夫不爱往热闹的地方去，常年在黍庵，做阳台农民，读书、写作、画画、品玩，一日不作，一日不食。南北几家报刊给他开着散文随笔专栏。他的文字都从心上来，从广阔的大地来，从深厚的传统来，平常中有诗意，散漫中有节律，一篇一篇，像挂在山腰的石渠中的水，活活地流着……

二○一六年端午节写，六月三十日夜改定

6

目录一

第一辑　心有一百个徘徊

何时与先生一起去看山

一

　　吴先生似乎在画界没有太大的声名，也许他太老了，老到已被许多人忘掉，他周围的人似乎已不知道他是南艺刘海粟先生的高足。总之他很老了，老到莫非非要住到郊外的那个小村落里的小院子里去？我见先生的时候，先生的画室已是四壁萧然，先生也似乎没了多大作画的欲望，这是从表面看，其实先生端坐时往往想的是画儿，便常常不拘找来张什么纸，似乎手边也总有便宜的皮纸或桑皮纸，然后不经意地慢慢左一笔右一笔地画起来，画画看看，看看停停，心思仿佛全在画外，停停，再画画，一张画就完成了，张在壁上，就兀自坐在那里一声不吭地看，嘴唇上有舔墨时留下的墨痕，有时不是墨痕而是淡淡的石青，有时又是浓浓的藤黄。我没见过别人用嘴去舔藤黄，从没见过。先生莫非不知道藤黄有毒？

先生的院子里，有两株白杨，三株丁香，一株杏树，四株玫瑰，两丛迎春。秋天的时候，白杨的叶子响得厉害，落叶在院子里给风吹着跑：哗哗哗哗，哗哗哗哗，想必刮风的夜晚也会惹先生惆怅。我想先生在这样的夜里也许会睡不着，先生孤独一人想必也寂寞；但先生面对画案、宣纸、湖笔、端砚，想来分明又不会寂寞。

先生每天一起来就先生那个一尺半高的小火炉，先把干燥的赭色的落叶塞进小火炉，然后是蹲在那里用一本黄黄软软的线装书慢慢地煽。炉子上总是坐着那把装饰甚古的圆肚子铜壶。秋天的时候，先生南窗下的花畦里总是站着几株深紫深紫的大鸡冠花，但先生好像从没画过鸡冠花。有一段时间，先生总是反反复复地画浅绛的山水，反反复复地画浅绛的老树。去看先生的人本不多，去了又没多少话，所以去的人就少。有一次我问先生，所问之话大概是问先生为什么画来画去只画山。先生暂停了笔，侧过脸，看着我，想想，又想想，好像这话很难回答。我也会画花鸟的。先生想了老半天才这么说。过了几天，竟真的画了一张给我看。是一张枯荷，满纸的赭黄，一派元人风范。纸上的秋荷被厉厉的秋风吹动，朝一边倾斜，似乎纸上的风再一吹，那枯荷便会化作无物，枯荷边有一只浅赭色的小甲虫，仿佛再划动一下它长长的腿就会倏尔游出纸外。

吴先生很喜欢浅绛色，吴先生的人似乎也是浅绛色的，起码从衣着和外表上看，是那么个意思。

二

我和吴先生相识那年，先生岁数已过六十，我去看他，所能够进行的事情似乎也就只是枯坐。坐具是两只漆水脱尽的红木圆墩儿，很光很硬很冷，上边垫一个软软的旧绸布垫子，旧绸布垫子已经说不出是什么颜色，但花纹还是有的。吴先生当时给我的很突出的印象是先生老穿着一身布衣，那种很普通的灰布，做成很普通的样式，对襟、矮领儿，下边是布裤子，再下边是一双千层底的黑布鞋。衣服自然是洗得很干净的，可以说一尘不染。床上是白布床单儿，枕上是白布枕套儿，也是白白的一尘不染。你真的很难想象吴先生当年在南艺上学时风华正茂地面对玉体横陈的印度女模特儿是一番什么样的情景。他当年喝琥珀色的白兰地，用刻花小玻璃杯，抽浓烈的哈瓦那雪茄，用海泡石烟斗，戴伦敦造的金丝框眼镜。这都是以前的事，真真是以前的陈事旧话了。现在再看看吴先生的乡间小平房，你似乎再也找不到一点点当年先生的余韵或者是陈迹。

　　先生住的院子是乡村到处都是的那种院子，南北长二十二步，东西宽十一步。两间小平房，窗上糊白麻纸，临窗的桌上是那方圆圆的端砚，砚的莘莘色的漆匣上刻着一枝梅，开着瘦瘦的几朵花，旁边是那只青花的小方瓷盒，再旁边紧挨着的是那一套青花的调色碟，再过去是那把紫砂壶，壶上刻着茅亭山水和小小的游船。那只卧鹿形笔架，朝后伸展的鹿角真是搁笔佳处。作画用的纸张在窗子东边的柜子上边搁着，用一块青布苫着。雪白的宣纸上苫着青色的布，整日的闲着，一旦挪动起来，有微微的灰尘飞起来，像淡淡的烟——那就是先生要作画了。

吴先生好像从不收学生。画家不是教出来的，吴先生这么说。所以就有道理不收学生么？

吴先生常常把那张粗帆布躺椅放到院子里，人静静地躺在上边。记得是夏天的晚上，天上有月亮，很好的月亮，可以看得见夜云在月亮旁边慢慢慢慢滑过去，那淡淡的云真像是给风拖着走的薄薄的白纱巾，让人无端端觉得很神秘。一根五号铁丝，横贯了院子的东西，在月亮下是闪亮的一道儿，铁丝上一共挂了五只碧绿的"叫哥哥"，有时会突然一起叫了起来，这样的晚上真是枯寂的可以也热闹的可以——也只配了先生，只配我的先生。

有一次，吴先生感冒了，连连地打喷嚏，是前一天晚上突然下了大雨，先生没穿衣服就跑出院子去抢救那五只叫哥哥，怕叫哥哥给雨淋坏。叫哥哥没事，先生自己却给雨淋出了毛病，咳嗽了好长时间才好。

又有一次，先生不知从什么地方忽然弄来了一只很大的芦花大公鸡，抱着给我看，真是漂亮的鸡，灰白底子的羽毛上有一道一道的黑，更衬得大红的冠子像进口的西洋红。吴先生坐在布躺椅上一动不动地看鸡，那鸡也忽然侧了脸看先生，先生就笑了。笑什么呢，我不知道。

吴先生提了一只粮袋，慢慢走出小院子去给鸡买鸡粮，一步一步走出那段土巷，又慢慢走回来。买的是高粱，抓一把洒地上，那只大公鸡吃，先生站在那里看。

先生靠什么生活呢？我常想，但从来没敢问，所以也不知道。

先生的窗上不是没有玻璃，有玻璃而偏偏又在玻璃上糊了一层宣纸，所以光线就总是柔柔的，有，像是没有，没有，又像是有。在这种光线里很适宜铺宣纸，兑胭脂，调花青地一笔一笔画起来。柔和的光线落在没有一点点反光的柔白的宣纸上，那浓浓黑黑的墨痕一笔一笔落上去，真是美极了。墨迹一笔一笔淡下去的时候，又有了浓浓淡淡的胭脂在纸上一笔一笔鲜明起来，那真是美极了，美极了。

三

我不敢说先生的山水是国内大师级的水平，与黄大师相比正好相反，吴先生的山水一味简索。先生似乎十分仰慕倪高士，用笔从来都是寥寥几笔，淡淡的，一笔两笔，淡淡的，两笔三笔，还是淡淡的，又，五笔六笔。树也如此，石也如此，水也如此，山也如此，人似乎也如此，都瘦瘦的，淡淡的，从来浓烈不起来。先生似乎已瘦弱到不能画那大幅的水墨淋漓的画，所以总是一小片纸一小片纸地画来，不经心的样子。出现在先生笔下山水里的人物也很怪，总是一个人，一个人在山间竹楼里读书，一个人在大树下徜徉，一个人在泊岸小船里吹箫，一个人在芭蕉下品茗。先生比较喜欢画芭蕉，是淡墨白描的那种，也只有画芭蕉的时候，才肯多下几笔，四五株、五六株地挤在一起。我有一次便冒昧地问先生：您的画里怎么只有一个人？先生想了又想，似乎这个问题很难回答，回头看着我，看着我，还是没有回答。但隔了几天还是回答了我。先生说：人活到最后就只能是自己一个人。先生那天兴致很高，记得是喝了一点点酒，用那种浅浅的豆青瓷杯，就着一小段黑黑的咸得要命的腌黄瓜。先生说：弹琴是一个人，赏梅也是一个人，访菊是一个人，临风听暮蝉，也只能是一个人；如果一大堆人围在那里听，像什么话？开会吗？先生忽然笑起来，不知想起了什么好笑的事。先生笑着用朱漆筷子在小桌上写了个"个"字，说：我这是个人主义。又呵呵呵呵笑起来。那天先生的兴致可以说是很高，便又立起身，去屋里，打开靠东墙那个老木头柜子，取出一只青花瓷盘。青花瓷美就美在亮丽大方，一种真正的亮丽，与青花瓷相比，五彩瓷不知怎么就显得很暗淡。先生把盘子拿给我看，盘子正中是一株杉，一株梧桐，一株青杨，一株梅；树后边远处是山，一笔又一笔抹出来的淡淡的小山；与此对称着的，是山下的小小茅亭，小小茅亭旁边是小小书斋，一个小小布衣书生在里边读书；小小书斋旁边又是一个小小板桥，小小板桥上走着一个挑了柴担的樵夫，已经马上要走过那小桥的是一个牵了牛的农夫，肩着一张大大的锄，牵着一头大牛；盘的最下方是一个坐在水边的渔夫，正在垂钓。他们是四个人，先生指着盘说：但他们各是各。先生用指甲"叮叮叮叮"弹着瓷盘又说：四个人里边数渔者舒服，然后是樵夫，在林子里跑来跑去，还可以采蘑菇。我忍不住想笑。还没笑，先生倒笑了，又说：最苦是读书人，最没用也是读书人，没用才雅，一有用就不雅了，我是没有用的人啊。吴先生忽然不说了，笑了，大声地笑起来。

先生爱吃蘑菇，雨后放晴的日子里，在斜晖里，他会慢慢背抄着手走到村西的那片小树林子里去，东张张，西望望，一个人在林子里走走看看，看看走走，布鞋子湿了，布裤子湿了，从林子里出来，手里总会拿着几个菌子，白白的，胖胖的。有一次先生满头大汗地从树林里拖出一个老大的树枝，擎着，那树枝的姿态真是美。那树枝后来被吴先生插在了屋里靠西墙的一个铜瓶里，那树枝横斜疏落真堪入画，好像就那么一直插了好久好久。多会儿咱们一起去看山吧。先生那天兴致真是好，当然又是喝了一点点酒，清瘦的脸上便有了几分淡淡的红。

我就在一边静静地想，想先生跻身其间的这个小城又有什么山好看。画山水就不能不看山水。先生又说，一边把袖子上吃饭时留下的一个饭粒用指甲慢慢弄下去。看山要在上午和下午，要不就在有月亮的晚上，中午是不能看山的。先生又说，忽然说起他三次上黄山的事。

那之后，我总想着和先生去看山这件事。让我想入非非的是晚上看山，在皎洁的月光下，群山该是什么样子，山上可有昂首一啸令山川震动的老虎？或者有猿啼？晚上，我站在离先生有二十多里的城里我的住所的阳台上朝东边的山望去，想象月下看山的情景。我想到那年我在峨嵋山华严顶上度过的那一夜，周围全是山，黑沉沉的，你忽然觉得那不是山，而是立在面前的一堵墙，只有远处山上那小小的一豆一豆晕黄的灯火，才告诉人那山确实很远，离华严顶木楼不远的那株大云杉看上去倒很像是一座小山，身后木楼里的老衲的低低的低低的诵经声突然让我想象是不是有过一头老虎曾经来到过这里，伏在木楼外边听过老衲的诵经。

看山应该去什么山？华山吗？我想去问问先生。但还来不及问，先生竟倏尔已归道山。

四

没人能在先生去世的时候来告诉我，去他那里看望他的人实在太少了。我再去的时候，手里拿了五枚朱红的柿子，准备给先生放在瓷盘里做清供，却想不到先生已经永远地不在了。进了院子，只看到那两株白杨，三株丁香，一株杏树，四株玫瑰，两丛迎春，丁香开着香得腻人的繁花，播散满院子静得不能再静的浓香。隔窗朝先生的屋里看看，看到临窗的画案、笔砚、紫砂壶、鹿形笔架、小剔红漆盒儿，都一律蒙着淡淡的令人伤怀的灰尘，像是一幅浅绛色的画儿了——

直到现在，我还想着什么时候能和先生一起去看看山，在夜里，在皎洁的月光下，去看那无人再能领略的山。何时与先生一起去看山？

说高士

　　中国现在可以说没有什么"高士"。记得有一次坐公共汽车，听坐在旁边的两个老人在说话，其中的一位像是遇到了什么事，对另一位很是气急地说："你说，你说，你说什么才是好人？"另一位老半天才"吭吭吭吭"说："不害人的人在现在就已经是好人了！"这简直就是禅语，亦让人伤感，是无尽的伤感，是让人有彻骨的感时伤怀。从这句话说开去，如果非要在当下找出几个高士，那么是不是可以说不下流龌龊者便几近高士？而古人却不这么认为。古时有没有类似于《高士谱》这样的书我不知道，但若把《世说新语》中关于品评人物的言论辑纳在一处我以为可以是小半部《高士谱》。以"高"字相人，可以分之为"高士""高人""高手"。当下之

14

世，不乏高人，更不乏高手，几百亿几百亿的大钞可以不动声色地装进自己腰包再汇往国外银行者不能说他不是"高手"；但也只是"手"而已，与"弄手"可以放在一个系列，是技术性质的范畴，是一种活计。"高人"也是技术性的，常听某友说"那可是个高人"，不用问，是技术比较好，或是绘画，或是写字，或是做买卖，比别人都似乎来得好，但只要勤苦肯下功夫，达到这个水准其实并不难。以此言而论人，各行各业都可以培养出一大批高人。日本的世界手淫大赛冠军佐藤政信便是高手，其大赛举世瞩目，佐藤先生从一开始到结束几达七个钟头之久！当然还有世界性质的放屁吹蜡烛比赛，均可时见"高人"出世。而唯有"高士"却非有精神不可。比如阮籍看人可以用"青眼"或"白眼"来区别，也只是一会儿一会儿地翻眼皮，接近某种表演技巧，光凭这一点，阮籍还不能成为高士。阮籍的苦闷往往不被后人理解，后人关心的总是他的古怪行径。他的半夜起来独自弹琴是比较好看的苦闷，是高士的样子；但半夜的弹琴也一定会影响到邻居的睡眠，虽然弹琴既不是擂鼓也不是撞钟，比时下半夜三更的突然响起鞭炮要好得多。再说"高士"。并非始之于"竹林七贤"的古来高士的一大特点就是他们的作风和气派是与当权派没有一点点合作精神，比如宁肯上山采薇以继性命的伯夷与叔齐。宋人李唐的《采薇图》画得真是好，坐在树下的叔齐的形容之惨淡，让人从内心直起敬意。你若不明白什么是惨淡之色，你看一下李唐的《采薇图》就会明白，高傲、自尊，而那张脸还让你感觉到"气紧"，这真是难以描画。宁肯在山林采薇而食也不在市井招摇，这就是高士的品格，是高洁的灵与肉的整体出来说话。

从古到今，高士十分稀少，倪云林似乎可以算一个，也只是似乎，是似与不似之间，他太有钱，可以高，若一旦没了钱也许会矮下去也说不定；但他的林亭山水却是高士的气象，是绝尘。只有山水在，再没有其他，别说没有一个人，连鸟都没有一只，空阔得不能再空阔。倪是画比人高，而且有洁癖，男人有洁癖是十分让人讨厌的。被苏东坡崇拜过的林和靖先生没有多少资产，又生着病，身体的不好也许不允许他娶妻，床笫之事不比锄地轻松，所以他不娶妻是身体不行，这简直可说是一定如此，他便种了梅花当老婆，又养了仙鹤到处领着散步。但林先生的高在于他的行为，是与众大大的不同，可与众不同的人大有人在，比如有许多的老百姓都不娶老婆，都养个鸟当儿子，但是不能称之为高士的。林的高，还在于他的诗写得好，字亦好，字之好是有"别才"，一通手札数行字恐怕要写上老半天，这又证明他的身体欠佳，但字之好是有口皆碑。再往下，山西的傅山先生虽然字好，妇科也看得好，但不能称之为高士，他太关心政治。高士是不太放眼政治的，一会儿出国，一会儿上电视台，一会儿大捐其款，一会儿上封面，这也只能称之为"热闹之士"。在中国，各种品种的人士都可以数出不少，而唯有"高士"却从古到今凤毛麟角。而近百年的画坛却有半个高士永远在我们的视野里晃动着他瘦削的身影，那便是林风眠先生。

林风眠先生一直想埋骨故土，却一直办不到，所以这半个高士至今还魂兮魄兮地在国外到处游荡着。他唯一的亲人——混血儿的外孙也已老大，正在四处奔走呼号，面对记者一双大眼泪水涟涟，为他的外公埋骨故土而努力。

且说陈老莲

　　说来也怪，中国古代的那么多画家里，我独喜陈老莲。

　　前不久路上遇雨，雨不大亦不小，我从来没有随身带雨具的习惯，想避雨，恰好路边有家小书店，想不到却买到了一本《陈洪绶集》。这本书不厚，薄薄的，里边诗占了三分之二，文章占三分之一。想看看是否有画论，却没有。其实也不必有，陈老莲的画论都一笔笔写在他的画里。我以为陈老莲的画好在人物——《水浒》博古叶子且不用说，一百单八将，每人一幅，个个英雄气长跃然纸上。而陈老莲其他画作中的人物却多以文人雅士为主，或在那里聚精会神地赏梅——《赏梅图》便是两个文士，对着石几上的一瓶古艳的梅花，梅花插在古铜瓶里，古铜瓶上有点点三绿，石几上还有一张琴，琴还在古锦囊里尚未取出；或者就是一位刚刚把头发洗过的人物，在那里晾头发，坐在一个天然的石几边，石几上是一盘娇黄的佛手，再就是一瓶花，还有，一瓯酒，石几另一边是一张琴。东西不多却样样经典。陈老莲有一张《品茶图》，画上画着两位很古的古人，陈老莲的人物都很古，人物怎么算是古？说不好，看看陈老莲的画就会知道。这两位很古的人物一位坐在其大无匹的芭蕉叶上，捧着杯，好像是刚刚呷了一口正在那里回味，他的身旁是石几，石几上是茶壶、茶炉，茶炉里的火正红。坐在他对面的人亦是宽袍大袖，亦是手里捧着杯，凝着神气，亦好像是刚刚呷了一口。这位古人面前的石几上是张琴，琴囊是古云纹锦。旁边是插在古瓶里的荷花，三花两叶，不多，却亭亭，而且开着花。荷瓶边是藤子编的画筐，里边是一轴一轴的画。陈老莲用色极妙。茶炉里一点点红，石上一点点红，衬着石上的一点点花青，杯子和荷花上是一点点白，真是美艳。说来也怪，颜色到了陈老莲的手里便妙，便格外地好看，格外地被提示。古铜器上的一点点石绿，美人衣领上那一点点曙红，王羲之手里团扇上的那一点点孔雀蓝和他身后小奴手上鹅笼里鹅头上的那一点点红，简直是好看得不得了。我实在是佩服陈老莲。

陈老莲的人物与任伯年笔下的人物相比，你便会明白什么是典丽。任伯年的笔墨太张扬，尤其是衣纹，密而多，是汉代大赋铺排的写法，我不大喜欢。

常与陈绶祥先生论画，说到陈老莲，陈先生说陈老莲是文人中的画匠，画匠中的文人也。便不得要领，至今依然不得要领。但说来也怪，每次看到陈老莲的人物便会从心里觉着惊喜。倒不在匠不匠、文不文之间。陈老莲画中的人物，个个闲散自得，更让人喜欢的是陈老莲画中的梅花、石几、古琴、茶炉、茗碗、佛手、竹枝、老菊，一样一样都好，这些东西现实中样样都有，但样样都没他画中的好！直想让人一下子跳到陈老莲的画里好好儿待上几年。陈老莲的画好，诗却平平。

久坐梧桐中，

久坐芰荷侧。

小童来问吾，

为何长默默？

我好像读懂了这一首，却又说不出什么？生活的真实状态往往就是这样，你正在做着什么，而且是不停地做，但往往是你自己也不知道自己在做什么。仔细想想，有时候倒会被自己吓一跳：怎么在做这样的事？你问自己。

陈老莲笔下的人物个个都古拙可爱，就人物画而言，能与他一比的是傅抱石笔下的人物，也个个比较古拙，但傅先生笔下的人物于古拙之上还又多了一些愁苦，为什么愁苦？不得而知，但我想也没人希望傅先生画哈哈大笑的古装人物。

台静农的梅花

和鲁迅有过交往而后来客死台湾的作家不止一位，而台静农就是其中的一个。

台静农的散杂文十分好，没有一点点废话和骄矜，且以写小说的方法描物状人，所以十分生动。台静农毕生只出版过薄薄一小本随笔集《龙坡杂文》，其中所收文章凡四十四篇，篇篇鲜活好看，写张大千的那篇题名为《伤逝》的文字可以说在众多众多关于张大千的文字里最好，写张大千在那里作画，许多人围着看，他照画不误，而且越画兴致越高，而且要边画边和客人做笑谈，丝毫不影响行笔着色，而且，在场每每每人得一幅。每当张大千过生日，台静农照例都要为他画一幅梅花以祝寿。张大千对台静农说："你的梅花好啊！"及至后来我看画册，台静农的梅花果然不错，有骨格和风致在里边，圈圈点点中无俗尘气。台静农不单梅花好，字也写得好，而且好像是来者不拒，直到后来也烦了，写过一篇文字，里边说："我是越写越烦！"到这地步，可见登门求字者有多少。中国作家就书法而言，是当代文学时期的作家大不如现代文学时期，文学素养整体下滑，当代作家的字能够拿得出去的是没几个，而现代文学时期的作家说到书法几乎是个个都好。周氏兄弟两个，郁达夫和茅盾，再如冰心字都好，郭沫若的字我个人不喜欢，但也好。我读鲁迅日记，最喜欢读他的手稿本，小字写得笔画省略而能让人字字都认识，作为小楷，实属不易。台静农的书法风范是不疾不徐，行书居多，至今我还没有见过他的草书。台静农先生的杂文中，让我最感动的是《辽东行》和《记〈银论〉一书》。《辽东行》从一块造像碑的发愿文说起，这铺造像主像已失，只存残座，座上存三十多字的发愿文。我在我的散文集《杂七杂八》里已经提到过这个发愿文。发愿文很简单，只三十多字，"咸亨元年四月八日弟子刘玄母樊为夫征辽愿一切行人平安早得归过敬造弥陀像二铺"。《辽东行》

这篇文章很短，内容却特别的丰富，从有唐一代的征辽，到民间的"百姓困穷，财力俱竭"的种种苦难，再到民间的反战情绪——《无向辽东浪死歌》。特别感人的是，文章从碑座发愿文说起，十分情深地"愿一切行人平安早得归"，而真实的情况是许多人已"浪死"辽东，已白骨露于野。我读这篇文章中所录的"发愿文"，一次次领悟到什么是哀婉动人，这边在祝愿远行的人回来，而那边征辽东的战士们却早已可能是"可怜无定河边骨，犹是春闺梦里人"，这里的区别只是不是无定河而已。"可怜无定河边骨"的"无定河"改做"辽河"也许恰好。台静农不愧是文章老手，文章的好处都不在文面上，是那丰沛的情绪感染着你。而另一篇《记〈银论〉一书》却完全可以说是一篇读起来让人兴趣盎然的学术文章。《银论》一书用现在的话说也可称为"钱币论"，它是讲清代钱币的。是书把清代银币作伪的几种常见的而我们现在不可能知道的方法讲得十分清楚，如"坐铅"，即币的中间一部分为铅；还有所谓"订心"者，即在币之中心订入三角形或方或圆的铜；又有所谓"白心"者，即中心为银，周围则非铅即铜；又详细讲述作伪方法，并言当时作伪精妙者以苏州工匠为最。读台静农的这篇文章，让人想象其学人风范！读过这篇《记〈银论〉一书》，好像是，倒不必再读那本《银论》，对于一般读者，确实如此。《龙坡杂文》一书所收录文字，多与从大陆去台湾的知识分子有关，行文之字里行间弥漫着一种怀念故园的淡淡的伤感，是挥之不去的一种情绪。《记张雪老》《粹然儒者》突出一个酒字，文人之与酒，似乎是互相亲切，但台静农怀人的篇什里所表达的却是一种借酒浇愁！愁既不可浇，倒让人读他的文章感到伤感。他在《记张雪老》这篇文章中说是介绍张雪老的诗，不如说是在表达自己的胸中惆怅——这首《书闷》："极目云天天自垂，无边风雨自丝丝，人前饮酒歌当哭，未尽胸中一片痴！"

台静农是早期乡土文学的代表作家，关于他的小说不是一言两语可概括得了。我个人，对他的小说仅仅是看一下，我看小说是要看出小说的好处来，也就是，读的时候能让我学到些什么？能让我学到些什么就是它的好处。台先生是写小说的，而我却在他的杂文和所画梅花学到一二好处。台静农先生本人，怎么说呢，好有一比，简直就是现代文学时期移到台湾的一树"文学老梅"，著花虽已不多，但其珍贵处，真正一如周瘦鹃曾经养过的一盆宋梅，人们珍重它的意思原也不要它开出几万朵的梅花！

存在着便是宝贵，更何况他梅花画得那样好，文章写得那样好。

说八大山人

　　二月书坊约我说一下八大山人的山水，我忽然觉得特别的不敢说。有一个时期，八大在我心里简直就是神。早在六七年前，粥庵几番提及要去青云谱看八大，我心里就一阵阵激动。八大身世先就传奇十分，先出家当和尚，后再转入道观为清粥道士，一般的解释是和尚不可以有妻室，自然就不会有子嗣，都说八大是为了如此这般。但我宁肯相信他是放不下性，看八大笔下那只发了情的小鸟，奓着翅，仰着首，翘着尾，热烈地叫着，真是状物传神至极！让你宁愿相信他真是放不下性才又由和尚转业为道士。八大的画面虽清冷，但他的花鸟小品却有热闹的一面，他笔下的一尾小鱼、一只小鸟或一只小猫，特别能表现人的那种欲望，大幅一点的山水花鸟倒让人看不到这种消息所在。所以，我一直有一个愿望，那就是想看到有他的小品专集出版。八大的小品特妙，特别简，特别的无物，而又特别的有意思。

二〇〇五年我去九江，哈！还没到九江地面，人先就激动起来，像是要去见宋代的念奴，像是要去拜问天的屈子！是去圆一个长久未果的想念！那天中午和朋友相携上酒楼，酒楼上开阔清净，我选座头正对茫茫大江，我请酒家把座头对面的楼窗楼门全部打开，霎时雨气扑面，酒也浓烈可人，大江白茫茫催人豪饮，想想马上要去的青云谱，那酒便更加"川流不息"！便果然是醉掉！

去青云谱，由于刚落过雨，到处是湿漉漉的，青云谱里更是四壁皆湿，是"一壁湿气明青苔"。进了青云谱，人虽已醉，心却没醉，拜过三拜，便挺身去看画，却大大地失望。是，没一幅真迹！是，印刷品都上不了品！便在心里懊恼起来，便不再看，索性真就不看，只坐在院子的竹丛下想八大，想想他当年在这个地方怎么走动，怎么见客，怎么养猫教犬、种花侍竹。我很注意周边是否有水塘，当年是否有亭亭的荷花可看，当然是

28

八大的看！八大的荷花前无古人后无来者，张大千学八大荷花所画镜心小幅，亦步亦趋却不得八大之要妙！八大的一枝一叶，用现在的话说是稳准狠——却好！看八大画，我常说要看其与众不同的"漫画气"，有人说怎么会是漫画？我说怎么就不能是漫画！八大最动人处就是其伟大的漫画气！

八大的山水，可以与石涛对看，便更可看出其冷寂。石涛是热闹，是世俗中的事物情绪一样样都在里边；而八大的山水却是冷寂怛然，再加上减去了许多细节，就更加冷寂怛然。八大的山水是梦境般的，松松脱脱在那里，八大的山山水水从不安顿人的，没有人物在里边，是僧也没有，道也没有，凡人也没有一个，砍柴的樵夫也不知去了哪里！空寂的山川，梦境般的画面，左右远近的几株树亦是不衫不履。八大画松，叶子特别扎人，是斩钉截铁！八大山水，瘦硬冷寂！学董却看不到董的散淡清和。

台湾有学者研究八大，说八大的曾用名之一"驴"，是在说自己的生殖器特特的伟大不凡。研究八大到如此地步真让人无话好说，这样的学者，也只好命他去澡堂给人搓澡，以开阔他的识见！八大的一切，包括他的书画和用名，当然一律都怪怪的，但他的怪是有根有芽，别人跟上也怪来怪去便是东施一效！

八大一生，心里边也许不曾有过一丝散淡清和！

心有一百个徘徊

在徐渭故居，我心里简直有一百个徘徊！

故居里照例是潮湿，照例是人去楼空的落落如失的感觉，当然也只能有这种人去楼空的感觉，斯人已去至今已整整四百一十五年。虽四百多年一晃而过，但徐渭故居还是让人能感到当年主人的雅致情怀。一进院门高高的白墙下是几株芭蕉，芭蕉下是盘盘的叠石，叠石上是蒙蒙然、茸茸然的花花草草，高高的墙上有徐渭手书再镌刻在那里的"自在岩"三个字。当年主人究竟怎样"自在"？让人不得而知。而真正的情况是主人并不自在，是一辈子的不自在，不自在才找自在，古人说"境由心造"，文人的自寻烦恼与自我解脱也就在这里，但更可以看作是一种表白。四百多年过去，而这小小院落还是仿佛能让人感到当年主人的行止来去，尤其是那临窗的小小方池，石栏杆一折再折，围定了那一池水，那小小的方池是一半在室外，一半在室内，走出屋子，小池北向是一墙老藤。我在窗前试着坐一坐，分明感觉到那池水的凉气，我想要是在夏天，这里蚊子一定多，写诗作画均不宜，再想想，也真是颇富情趣——在这里读书写字作画。徐渭的故居不能说大，亦不能说小，外间为书房，不小，里间为卧室，亦不能说小，当年想必院子里还有别的房间，比如说厨房，这是必须。但四百多年来，多少的风霜雨雪，我宁肯相信这故居里的东西都是原物，但实际上又怎么可能，但总的格局我想还是不会大变。徐渭为什么号"天池生"，此名号是不是出自那窗下小小方池？池虽小，但如种几株白荷，花开时节想必好看得很。从南向门出，往北向转过来，在外边看看那小小方池，池的一半又在屋里，走过小池再往北去就是那一墙的老藤。"青藤书屋"可能就是由此而来。坐在青藤之下读书也不错，风动一壁狂藤，相对那一池静水，这真是诗人的所在，画家的所在，作家的所在。徐渭的杂剧《四声猿》我读过不止一次，每次都觉得剧本的名字先就让人心内戚戚，猿失幼子而连叫四声肠即寸断！都不得叫到第五声！《四声猿》在中国文学史上有独特的地位，一幕一本，几如短篇小说，为当时之所无！可以让人从另一个方面了解徐渭。徐渭一辈子命运多舛，想到这些，真不能不让人心内戚戚。徐渭在我所居住的老平城以东张家口——当时的宣大府住过一些时日，在那里过幕僚生涯，我一直想去访一访，但一直没了此心愿，多少年过去，风云百般舒卷，还会有什么留下？我问胡学文，他说不知道还有没有故迹可寻，但这念头却一直存在我的心里。

徐渭的故居里张挂着满墙的书画，却没有一幅是原作，都是复制品，而且都是比较低极的复制品，想看一幅像样的都没有。在这小小的青藤书屋里走来走去，又在院子里走去走来，真是让人没有一点点头绪，要说有，也只能让人做一次次心底的徘徊。因为这是徐渭故居，如果有时间，就这样徘徊下去我想也是顶顶美好的！

临离开徐渭故居，买了四个小石头镇纸，上边有徐渭手书"一尘不到"四个字，送合松一，送云雷一，送国祥一。

临出门去，又忍不住回头看一下那"自在岩"，四百多年已经过去，不妨再想象一下徐渭正坐在那里读书。

周瘦鹃的心情

　　我十四五岁的时候读周瘦鹃的《盆栽趣味》，还不知道周瘦鹃是个什么样的人，只是那本书上的黑白图片让我着迷，怎么他培植的梅树可以长得那么入画，那么古典，那么让人耐看。那时我学金农梅花，圈圈点点间只觉金农的梅花真是没有周瘦鹃盆里的老梅好看。周瘦鹃那瘦瘦的一盆宋梅，斜斜的枝子，上边只开出几朵让人爱怜而惆怅的白色花朵，那时候，我就已经明白了什么是梅花的美，疏落、寂静、自开自落，就那么很少的几朵。花要少，才能更见其精神，更能让你领略花的美，如果动辄一开千万亿朵，那是在开大会或者是大合唱。我至今不能喜欢关山月先生的大红梅的道理就在这里，远望像是着了火，热闹是热闹，却远离了梅花的品格。

周瘦鹃先生的后半生几乎都是和花花草草一起度过的，他那本不算薄的《拈花集》收录的全是花花草草方面的文章。周瘦鹃先生在"文革"时的遭遇说来让人落泪，据说给人推到了井里，他和他的老伴儿都被推到井里，就那么死了。一个喜爱花花草草的老人，一个喜欢美的老人，一个二十世纪三四十年代在中国十分有影响的作家死在了井里。想必那天井里的水很凉，周瘦鹃和他的老妻慢慢慢慢沉到水底，井外边的花是否在阳光下开得正好？

　　周瘦鹃是鸳鸯蝴蝶派的代表作家，他一生喜欢紫罗兰，并把自己的书斋取名为"紫罗兰斋"。作为作家，他是一位站在政治边缘的善良的作家，他不会冲锋陷阵，新中国一成立，问题就来了，这不是他个人的问题，而是摆在许多国统区作家面前的问题，他们不熟悉新的生活，他们的心情如何？他们面对新生活茫然而无从下笔，一个作家，最能安慰他们心灵的便是拿起笔写作，一旦无法写作，其内心之苦楚也只有他们自己知道。张爱玲是一位努力想使自己和新中国协调起来的年轻作家，她当时也真是年轻，她穿着与众大不同的怪异衣裳去参加了上海第一次文代会。她在会上是一个异类，她是那样的与时代格格不入，她是那样的特殊，她是不是忘了那应该是一什么样时代？她是不是以为时间会凝然不动，还像她以前穿着宽袖的清代服装走进印刷车间的时候，印刷车间的工人几乎都停下手来看着她，她在那一刹间肯定得到了满足。但此一时，彼一时，中国已经解放了，解放了就要有解放了的样子和纪律。张爱玲穿着她自己精心设计的衣服去参加解放后上海第一次文人们的聚会，她的心情如何？想合作，却偏偏写出了不伦不类的作品，最后她选择了离开祖国，直到她客死在她美国的寓邸，她的心情又如何？真不知她在美国的最后岁月里是否还钟情于她的那些与众格格不入的服装。刚刚解放的时候，张爱玲年轻，她可以出走，一口气走出国门，可以想象她真是喘了一口气，也可以想象她夜夜都在做着故园的梦，那真是"碧海青天夜夜心"。

谁知道张爱玲的心情？谁又知道周瘦鹃的心情？

一个作家放下了他喜欢的笔，种起了花花草草。我们可以想象，周瘦鹃坐在他的古老的花梨木书桌前，戴着他的墨晶养目镜，伴着他的金鱼和花花草草，努力想和这个社会靠近，努力想写周立波的《暴风骤雨》那样的著作，但那只能是一种想象。我们也可以想象周瘦鹃在那里仔细地读毛泽东的《在延安文艺座谈会上的讲话》，读之后，他肯定感到了一种新鲜的冲动和无奈，冲动是暂时的，无奈却是长久的，一种说不出的无奈，因为他不熟悉工农兵的生活，这使他举笔维艰。解放后的许多年月里，百花齐放也只是形式上的事，而不是精神上的一种动人的风景。

周瘦鹃在解放后几乎可以说停止了他的写作，如果说他还在写的话，收获就是那本不能算薄的《拈花集》。他用他那纤细白皙的手指，拈起这唯一的一朵花来朝他的老读者们微笑。释迦牟尼在一次说法的大会上，不说一个字，而只是拈起一朵花微笑着，只有他的弟子迦叶懂了他的用意。可是，谁懂周瘦鹃老先生的心意，他拈起花来，却无人去看他。连看的人都没有，更不用说谁懂，只有他自己才知道他自己的心情。

花是美丽的，种花人的心情却可以是深苦。

周先生的花圃里开放着许多许多花，但周先生的心里是否真正开放过一朵？

毕竟是一九五一年

　　王世襄老先生一半儿的学问是玩儿出来的。说到玩儿，并不是人人都会玩儿。鸽子天天在天上飞，鸽哨的模样却不见得人人都知道。只要看看王先生写的《北京鸽哨》，你便会觉得人生天地间原来处处都是学问，就看你会不会做。会做这个学问的前提就是玩儿，玩儿得投入，玩儿得好，然后才会有学问像酒一样不得不被酿出来。王先生在《北京鸽哨》里说鸽哨的佩系十分巧妙，而又十分简单，鸽子的尾翎一般是十二根，十三根的也有，但是少数，佩系鸽哨要在鸽子尾翎正中四根上距臀尖约一厘米处穿针。这讲得真是够细致。白石老人当年画鸽子以响应世界和平，便要人把鸽子抱过来亲自把鸽翅的根数一一数过，然后才敢下笔。佩系鸽哨以防脱落

39

和数鸽翅以免落笔有误，一样都是学问。北京跨车胡同当年的鸽哨想必是好听的，鸽哨要配上四合院的灰色瓦顶和斑驳的红色宫墙听起来才够味道。读王世襄老先生的《北京鸽哨》真让人唏嘘，朗朗的鸽哨声既已久违，脑子里竟还是无法挥去的老北京城的落日余晖。风雅是会随着时间消淡的，消不淡的又是什么还真让人不好说。

　　一九五一年，王世襄老先生听说东直门内住着一位老居士，家里供着许多尊佛像，一天冒昧晋谒，居然承蒙接待。那老居士住北房三楹，正中一间摆一大条案，案上所供佛像居然会有十多尊。众像之中最让王先生心动的是一尊雪山大士铜鎏金造像。王先生说这尊雪山大士像的头特别大，形象夸张古拙，时间不晚于明。老居士说这尊雪山大士是当年布施某寺院香火资若干而得以请回家供养。一九五一年，那时的人风雅而且诚笃，王先生对那老居士说自己家里既有佛堂而又愿出加倍的香火之资把那尊雪山大士像请回去供养，老居士居然欣然同意。

　　看王先生这篇关于雪山大士造像的文章时，我还无缘一见此造像。前几天我的朋友送我一套王先生的近作《锦灰堆》，上边的铜鎏金雪山大士图像果然好，头果然是大，胳膊和腿真是瘦了点，既在雪山苦修，风霜寒苦，又吃不了海参燕窝烧鸭子，想必应该是这样子，哪像时下的电影和影视剧，镜头里到处逃难的灾民居然个个不肯消瘦一点点，"万家墨面没蒿莱"的情景竟让人一点点都看不到。

令人感动的是王先生既拿了大士像，出门的时候为了方便上自行车，要把雪山大士倒个个儿，那居士脸色忽然有变忙把大士像又正了过来，说"怎能如此不敬"。王先生在这篇回忆文章里最后说："我生怕久留，老居士回过味来发现我并不像他原来所想的那样虔诚，一定会要回雪山大士，不允许我请回家了。"

毕竟王先生玩得好，那雪山大士像真是精品，但也毕竟是整整半个世纪前的旧事了，要是现在，王先生文章的结尾也许会这样写：我生怕回去的脚步慢了，想不到再回去的时候那老居士早不见了。房东告诉我说她也不认识这个老居士，是他出了十元钱暂借房子一用的。当时我就愣在了那里，我手里的雪山大士像上涂的竟然是厚厚一层皮鞋油，怪不得味道很怪。

王先生的眼力果真厉害，但那毕竟是一九五一年。

从画说到肥皂

看马骏的人物画，我就常常想洗澡。

我是洗混塘长大的，至今还喜欢在混塘里洗澡，周边都是哗啦哗啦的水声，除了水声就是水雾。中国人洗澡最讲究泡澡，不泡好就不算是洗澡。泡澡是一种享受，可以慢慢慢慢把身子浸到挺热的水里去，泡澡就是要挺热的水才行，没听过要泡凉水澡的。泡澡泡到浑身大汗，满脑门儿都是汗，眼睛给汗杀得睁不开，然后才会去洗。最难忘的是洗年根儿澡，澡堂一入腊月二十五就一天比一天忙，中国人的习惯是有钱没钱剃头过年，除了剃头就是洗澡，一年到头忙来忙去总要把一年的尘垢洗洗。长这么大，好多次我都是到了腊月二十九晚上才去洗澡，这天晚上洗澡的人可以说是达到了高峰，塘子里的人，怎么说，一个挨一个，竖着，像罐头里的沙丁鱼，一条挤一条，谁想转转身子都不可以，一定要转，得跟身边的人打招呼。我居住的老城大同过去只有三个澡塘，一是"大众浴池"，二是"花园浴池"，三是大皮巷里的那个小澡塘。澡塘少，所以一到过年澡塘里那情景简直是拍出电影来都不会有人相信——那么多人挤在一起能洗吗？洗澡是一种享受，但好像是不那么卫生。洗混塘，让师傅好好儿给搓一下，师傅在那里搓，你也许已经迷迷糊糊地睡了一小觉，耳边是哗哗哗哗的水声，是人们瓮声瓮气的说话声，是师傅敲背的噼啪噼啪声。那时候洗澡，你不用带毛巾，大家都用澡塘里的毛巾，但入塘洗澡都要买肥皂，整块的肥皂，已经切成了一小块一小块，像是大号的贵妃奶糖，一毛钱一小块，刚刚合适一个人拿来"咯吱咯吱"洗。一小块肥皂，是既洗头，又洗脸，又洗身子，一个人直被那一小块肥皂洗得干干净净！那时候的澡塘里边弥漫的就是这浓浓的肥皂味。肥皂的味道好闻吗？怎么不好闻！"灯塔牌"肥皂和"迎泽牌"肥皂的味道最好！洗完澡，可以躺在外边的座儿上睡一会儿。人们把澡塘的床叫座儿，俩人一座儿，中间给一张小桌隔开。你可以要一壶茶，粗枝大叶的花茶一小包一角钱可以让你喝得昏天昏地，你躺在那里可以一直喝，或者睡一大觉，醒来再喝。这场景颇像马骏的画面。世俗之中有点点说不清的欲望，只不过他笔下的人来得更闲散——古人除了击鼓鸣金地打仗，一般都很闲散。我喜欢澡塘的道理还在于那几年去北京住店很不方便，但可以住澡塘。住澡塘的好处一是便宜，二是可以洗澡，三是可以看各种各样的人在那里说话。大家都睡在偌大的澡塘座儿里，座儿是一排一排的，提包你可以事先寄存了，然后放心睡大觉。睡前可以洗一下，如果是夏天，睡出了汗，你可以再去洗一下！那是底层的，让人感到亲切，大家彼此平等的地方。要是饿了，还可以买个烧饼吃！一转眼，这个世界发生了多么大的变化，这种澡塘是越来越少了，你现在再用肥皂洗澡，大约会引起普遍的大惊小怪；虽然没人问你为什么不用洗发水和浴液！

直到现在，我对肥皂还是存满了一往情深的感情，比如洗小件的衣服，我会坚持用我认为够标准的肥皂，就是一定要用灯塔牌的那种或者是迎泽牌的那种。我非常喜欢那种味道，觉得比得上最高级的香水，穿上用这种肥皂洗的衣服出去，你的身上会散发出最最好闻的肥皂味儿。肥皂好闻吗？肥皂怎么不好闻！用肥皂洗过的头发给太阳一晒味道绝对是清清爽爽！当年我在湖边的学校教书，中午去湖里游泳，游完就用肥皂给自己洗一下，再躺在那里给太阳晒晒，浑身的肥皂味就会弥漫出来。我总是埋怨爱人不会买肥皂，怎么一买就是现在的那种能香人一个跟头的肥皂？我告诉她这种肥皂对人身体并不好，我爱人说，怎么不好？你说怎么不好？我忽然总结不出来，张口结舌之际忽然想到了刚刚看过的一本书，我对我爱人说，你知道不知道过去的那种肥皂可以灌肠！如果过去的肥皂有问题，可以用来灌肠吗？现在的肥皂可以用来灌肠吗？我以为我找到了热爱灯塔牌和迎泽牌肥皂的最充分的理由。

　　一个人的习惯是很难改正的，就是现在在街上走，忽然有个人从对面走过来，擦肩而过的时候带来一阵清清爽爽的肥皂味儿，常常是，我会一怔。那肥皂的味道，简直是代表了一个时代的气息！清平不是清贫，肥皂的气味是清平的。我喜欢清平，有一个词牌是"清平乐"，如看到这么一首词牌的词，里边填了什么内容倒不重要，只"清平乐"三个字便叫人喜欢！我不教书已多年，如还在课堂教课，假设有学生问我，"清爽"一词怎么解？我一定会对他说："去闻一下'灯塔牌'和'迎泽牌'肥皂！"或者我会建议马骏，要他在画中的人物手中塞一些洗澡的用品。古人用肥皂吗？好像是，明清之前起码不会有。

傅抱石先生

　　傅抱石先生据说很能喝酒，酒量也好。我见过他几幅画，上边落款有"酒后作"，或"喝了半斤后画此幅"云云。我总喜欢拿傅先生和徐悲鸿先生相比，因为他们两个人的经历差不多，都出国学画，虽方向有别一东一西，但我个人还是喜欢傅先生。徐悲鸿的画我不太喜欢，我以为中国画就不可以与西画嫁接，苹果和梨嫁接在一处叫苹果梨，我最不爱吃这种怪东西，我个人的态度是：要吃梨就吃梨，要吃苹果就吃苹果，味道要纯粹一些。

　　傅先生的名气之大，可能与当年他和关山月合作那幅人民大会堂里的《江山如此多娇》分不开。那幅画可真是大，据说光花青就用了几十斛！但那幅画也是"只可远观而不可近看也"。本来中国画就有中国画自身的尺幅要求，画那么大幅的画是时代要求使然，而不是国画自身的要求。那年我去大会堂，说什么都要离近了看看原作，朋友带我看了一下李苦禅的大幅，离远了看好，离近了看可真不好。我这么说也许也不对，那样的大画本来就不是让你离近了看的东西。又离近了看傅先生和关先生的《江山如此多娇》，怎么说，也觉得不好，感觉是颜色都浮在上边。还有一次，在中国美术馆看刘海粟的《荷花》，可真令人失望！而那次同时看钱松岩的《红岩》，却真好，令人感动。有些画是印刷出来像回事，看原作太差；有些画是印出来好，看原作更好！钱松岩先生的画就是这样，钱松岩只一幅《红岩》便压倒众家，抽去它的政治因素，还是好。不管别人怎么说，我喜欢钱松岩先生。

傅抱石先生的山水在技法上有独创，是感觉特别好，是中国人的感觉，换句话，是中国画的感觉。他笔下的芭蕉、松树、竹子，他笔下的烟岚雾气，都是从中国画深处吹来的习习清风。说到用笔，傅先生真是写意高手，意到即止，大气磅礴，而且愈是小品愈显大气，这不是一般人所能做到的。傅先生于一九四八年画的《赤壁舟游》真是简得不能再简，一叶小舟，三个人物，远处几笔山石把画的上部几乎全部占去，再加上几个大浓墨点。苏东坡游赤壁这个题材真不知道有多少人画过，画面多是远山近山再加上那一个圈儿——月亮。而傅先生这幅东坡游赤壁图几乎把可以减去的都减了，但是真好！东坡游赤壁傅先生画过不止一次，但要数这一幅最好。傅先生的好，更好在人物。傅先生的《虎溪三笑》，站在中间的道士陆修静，你看看他那张嘴，一个淡黑点，只那么一点，换个人就是画不来。《虎溪三笑》傅抱石先生生前画过不止一次两次，我以为最数一九四四年这一幅精彩！画古典人物，或古典人物作画，我最喜欢两个人，一是陈老莲，另一位就是傅抱石先生。这二位相隔三百多年的大画家的人物都画得令人叹绝。傅先生的人物每个都很古，是古人的脸，古人的神情。谁见过古人的神情？谁也没见过，但你觉得古人的神情就应该是傅先生笔下的人物那样！说到人物画，能把人物画古了太不容易，傅抱石先生的《九歌》《屈子》《司马迁》《陶渊明》还有《竹林七贤》，那一张张脸，都憔悴惆怅！让你觉得他们的心绪或许都有那么点不佳，他们的身体都有那么点营养不良。画于一九四五年的《蕉阴煮茶图》，我们知道一个人有闲心闲情才会坐在那里煮茶品茗，但画中的人物神情依然是惆怅憔悴。我常想，傅先生笔下的人物也许是傅抱石情绪的真实写照，也许是那个时代人们的心绪写照。论到傅抱石先生人物之"古"，好像同代的画家无出其右者。

相对傅抱石先生的山水，我更喜欢他的人物。

昨夜和朋友喝酒，回来看傅先生的人物，忽然想，傅先生要是活着，我要敬他酒。

说到人物画，前不久用八十六元买了一本黄永玉的《大画水浒》，回来打开一看，几乎把眼睛坏掉，赶忙再找出傅先生的人物洗眼洗脑，好不容易才把感觉找回来。

喜欢钱松喦先生

世人对钱松喦先生是否是大家多有非议，而我却十分喜欢钱松喦先生。钱先生的用笔有"枯藤倒挂巨石坠地"的意味，笔下的线条都很苍劲，而且特别留得住笔。小时候我特别爱临钱先生的画，好像是，这对我以后执笔涂抹有很大好处，落笔起码不会坠入细线飘滑的恶道。钱先生的女儿钱紫筠曾在我们那地方的报社工作过。当时在报社工作的还有老舍先生的侄子，脸上有几颗碎麻子，为人十分和气，报社的人想让他向老舍先生求字，他写信回去，字马上就寄了来。钱先生的女儿也是学画的，好像是，报社要搞什么活动，请她写信向钱先生要一幅画，据说钱先生也很快把画画好寄来。那个时代人与人之间的关系单纯而美好！我见到钱先生的原作还是老早以前，那张画贴在报社墙上，谁也不把它当回事，不是山水，好像是一幅花鸟，上边画着瓜，印象是藤老瓜大，下笔着色均十分老辣，点了不少墨点在上边，但上边更多的是苍蝇屎。

钱先生的那幅著名的代表作《红岩》，着色真是大胆，敢以大红画满幅石壁，是前无古人，后无来者。红色石壁加上白芭蕉，还有那株大树，印象像刀子刻一样刻在了中国美术史的深处。及至那年中国美术馆搞馆藏展，我在这幅画的下边站了很久，一幅画在那一刹间已经变作了一部书，是翻来覆去地读。我注意到许多的人都像我一样，对这幅画像是着了迷，看了又看，走开去，过一会儿再走回来。无论时下怎么说，我总以为这幅画是划时代的，且不管它是政治第一还是艺术第一，对这幅画，我个人总评一字——好！若再加一个字——真好！

画家怀一曾拍过一幅钱先生的小幅山水，看原作和看印刷品毕竟不一样，怀一收藏的钱先生那幅画的左下角的那块石头给我印象特别深，落笔很重，浓墨交加，十分醒目。钱先生画水，赭石掺以淡墨，反面敷粉，效果与众家不同。钱先生曾著一书，薄薄的一本，书名是《砚边点滴》。我十二岁上得到一本，看过多次，后来搬家，忽然找不到，现在有新出版的，封面和以前的不一样，装帧也好像不如以前。这本书里边都是经验之谈，行文朴素大方，不故作高深。

钱先生的山水画中有细节，画房屋，屋里总有人，乃至窗台上还会有花盆；画稻田，稻田里也总会有人，在锄地，在劳作，或者是收了工正往回走。钱先生的画面里有时还会出现红旗，这在以前是没有的事，别的画家也很少画红旗。钱先生的山水画生活气息特别浓，是有生活的画；而且，画里表现的是我们的生活，而不是古人的生活——就反映当代生活这一点，钱先生大有贡献。钱松嵒先生从书法到绘画应以两个字评之：雄强。当代画家用笔就"雄强"二字能超过钱松嵒先生者，少见！

走近陈绶祥

陈绶祥先生当年在南竹竿儿斜街住，那地方不太好找，朝东拐一下，再朝西拐一下，还要再拐来拐去，让人很不耐烦，去了几次都记不住，到最后干脆每次去都得叫一个人带着，像特务接头。

陈先生的家在南竹竿儿一个很老的院子里，他的邻居，是红学家周汝昌。陈先生就住在周先生的隔壁，最西边那间。一进去，是间狭长的屋子，客人来了就坐在这里。紧往里边去是厨房，陈先生的太太不在北京，他一个人过，却把屋子收拾得十分整洁妥帖，什么东西该在什么地方就在什么地方。左手里边的那间是陈先生的小卧，光线总是暗暗的，有一架钢琴，是三角的那种，上边蒙着老大一块白色的苦布，别的什么东西上好像总也是苦着苦布。这屋子给人的印象是，主人随时都准备要搬家，又好像是，主人刚刚才从遥远的地方回来。钢琴的旁边，有一张漂亮的明代小几，这件东西让我眼睛每每一亮，明式家具的线条真是好，用北京话是"地道"。就这明式小几，让人觉得陈先生的趣味和眼光真是与众不同。陈先生的家里好像是还有些随手放置的古董，我那次去，带给他一个汉代的大肚子孕妇俑，他很喜欢，当即把她放在东墙之上他母亲的相片旁边。这个汉代俑很少见，整个人蹲坐在那里，肚子很大，朝前挺着，像是马上就要生了，在努力，身上披着一件绿衣；当然，这只俑施的是绿釉。陈先生的眼光很狠，一眼就能认出好东西。再一次去，陈先生给我看他十八九岁时临的四王，条幅，画面上一笔一笔一笔一笔，没一笔不到，当时让我很吃惊，时下临四王的人能如此者已不多见。陈先生当时的屋子里，外间的墙上挂着他画的四条，似乎都与他母亲有关，我记着其中的一幅，是他的母亲在洗衣服。那四条让我心里很难过，我知道陈先生怀念他的母亲，画家的怀念就是把他的怀念画出来。陈先生是有雅趣的人，他的家中，该水仙的时候是水仙，该佛手的时候是佛手。那一次，我坐在那里看他在画一棵硕大的老来红，绿花红叶子，颜色漂亮而刺激人。他一边和我说话一边画，在座的还有画家粥庵。陈先生作画运笔总是很慢，是一笔一笔，是在那里写。他用的那支笔看相极好，粗粗的竿子，粗粗的笔头，短短的，竹竿是斑竹，真是一支漂亮的笔。我悄悄对粥庵说，说这支笔短短粗粗真像是陈先生，粥庵斜睃我一眼，忍不住笑了一下。后来我们找了许多地方，终没有找到陈先生那样的笔。

在我认识的人里边，思维之敏捷、对答之机智而又妙语如珠者，好像没有人能超过陈先生。他就是在那里胡说，也好听，他就是在那里胡说，也能引经据典，陈先生是当代一奇人。不知怎么回事，他与通州也没什么关系，我就总是要把他和明代的李卓吾放在一起相比。李卓吾的墓就在通州，墓前记着像是有很高的白玉兰，花开满树的时候，遇上好阳光，晃得你都睁不开眼！

陈先生不怎么能喝酒，我认识他的时候他已经不怎么喝，好像是因为身体的缘故；但请他喝，他从不肯拂人兴致，便也端起就喝。陈先生极性情，高兴起来手舞足蹈。不单单是美术方面，好像是各方面，他都极能给人开窍，只几句话，就能颠覆你读了一辈子的书。我在那里听他七说八说，心里总是充满了佩服与欢喜。我甚至在心里想，如果他旁边的周先生要卖房子，我一定要多卖几件古董把那房子给买下来，虽然那房子老旧破烂灰尘满面！这念头，怪而又怪，我并不喜欢北京，北京太拥挤，动这念头，只为了想住在陈绶祥先生旁边日日能见到他，听他妙语连珠，或，听一听在别处再也听不到的"胡说八道"。

陈先生在南竹竿的厨房收拾得真是干净，是"一尘不到"。好几次，我都想要陈先生给我炒几个菜吃，我想他一定炒得很好，能吃到他做的菜我想应该是幸事。但陈先生说，走！到对面吃！他走在前边，我们跟在后边，出了胡同，街对面就是那个小馆子，门脸儿虽小，菜是没得说。里边的服务员和厨子和陈先生很是相熟。陈先生是个努力要自己平民化的人，所以才会和他们相熟；但几乎人人都知道，中国当代新文人画的兴起与发展，陈先生是其中最最重要的发起和推动者之一。说来也怪，陈绶祥画这画那，我就以为他的鸭子画得真好，我站在旁边看，那天他也是来了兴致，三笔两笔，一边画一边还和旁边的人说话，画到精彩处他会忍不住用舌头舔一下嘴唇，好像吃了实在很香的东西，他画鸭子，焦墨兼淡墨，真是好得很。我在一旁说好，陈先生笑着说要给我画一百零八只，我顿时觉得我已经大富起来；但那一百零八只鸭子至今都没画，要画，想必那是一个要多长有多长的长卷。说到作画，陈先生往往有奇思妙想，他把老鼠和电脑鼠标画在一起，他画小汽车，还画各种不能入画的东西。我明白，他是在寻找更多的可能，想寻找更多与前人的不同，这真是太难！说到作画，陈先生的题跋在国内是首屈一指，而且，能够当场立就！其才思敏捷无可比方。而当代画家最最薄弱的地方就是题跋这一块儿，画好，好得无可挑剔，但一落题跋，便把画给人们的好印象都给拉了下来。陈先生的思维是四面八方五花八门，呈放射状，他的思维要放射到哪里去，真让人捉摸不定，是，让人防不胜防，是，一般人和一般问题都难不倒他，或者是，二般人和二般问题也难不倒他。

陈先生弹钢琴，十个手指出奇灵活地在钢琴键子上跳来跳去，真让人想象不到，我耳熟能详的钢琴曲居然在他手下一如行云流水。那一次，我住在离陈先生家不远的宾馆，三联书店的后边，陈先生来了兴致，要人马上去取他的手风琴，我真是不太相信他能拉手风琴。好家伙，琴来了，陈先生又让我吃一惊，居然，他的手风琴拉得在专业水平之上！

陈绶祥先生就是这样，本来你以为已经走近他了，忽然，举手投足间，谈古说今间，他说了什么，你一下子猛然觉得事情原来还能有这一面，你便忽然明白自己又离陈先生很远。简直是"瞻之在前，忽然在后"！

陈绶祥先生是个有着十足魅力的人，是个不好把他一下子就放在哪个领域里的人。有时候，我会十分想念他，这个人，只要你坐在他旁边，你便会振奋欢喜起来，只这振奋和欢喜，在别处，也许你永远不会得到。

陈先生送我一幅牡丹，大红的叶子大绿的花，在整个美术史上，几乎见不到。是前无古人。

没骨荷花吴湖帆

　　把全世界的画家都算在内，画过《原子弹发射图》的画家想必不会有几个，也许只有一位，那就是我喜爱的画家吴湖帆先生。吴湖帆先生不但画原子弹发射，还画过一幅《又红又专图》，画面着实太简单，一支弯弯的墨竹，上边压了一块儿猛看上去像是一本书的红砖头。现在看，有些幽默在里边，我想当年吴先生是认真的，绝不敢幽默，那是个不容许随便幽默的时代，那是个艺术家和作家动辄"噤若寒蝉"不太敢发声的时代。但我永远不会因为这两幅画而不再喜欢吴湖帆先生，我觉得他可爱，从某种角度讲，他的艺术胆略已经远远超越了毕加索先生和达利先生。毕加索的著名幽默在于苏联红色政权请他给他们的红色领袖斯大林画一幅肖像，虽然当时毕加索已经成为一名光荣的共产党员，但他的身份底盘儿毕竟还是艺术家。他对着斯大林的照片不知怎样的千思百想，也不知道他构思了到底有多久，总之，斯大林先生的肖像送到莫斯科的时候引起了好一骚动，肖像上的斯大林先生的额头上多了一撮儿小青年或艺术家才会有的飞扬的发卷儿，这额外多出来的发卷儿是毕加索先生给加上去的，他或许认为，斯大林先生太过严肃了，这是真正的幽默。由于这是国际性的大幽默，这幅伟人像最终还是没能挂出来。毕加索挺幽默，但他再幽默也没有画过原子弹爆炸。达利的目标是天堂，他一次次通过画笔让他的夫人飞起来，飞向主长期居住的地方。我们在达利画过的著名教堂里，仰起头来只能看到他夫人那两只已经飞离陆地的大脚，即使这样，达利也没有画过原子弹。

历史捉弄人如此，当年的正经事，现在重新讲起便是笑话，不讲也罢。

还是讲荷花，近百年来，以熟纸画荷花，最好的应该就是吴先生。我以为他的荷花要压倒其他画荷花的画家。白石老人除了工虫，一般不以熟纸作画。我看过白石老人许多幅熟纸的扇面，笔墨在，气韵却大减，意思好，却不怎么耐细看。而白石老人画在生纸上的大幅荷花却线条错落气象万千，平铺在桌上让你一时看不懂，像是乱，挂起来再看，却是乱得好，是乱中取胜——好得要吓你一跳，仿都仿不来。

吴湖帆先生的荷花和白石先生不是一个路数，不靠线，靠烘托和点染，只使一点点胭脂，笔下的荷花便风神特别卓卓可观。他笔下的荷花每一朵都几乎像是要发出光来，又，怎么说，总是让我一次次想到唐代的美人，是得丰肥之美。丰肥能美吗？那你就看看吴先生的荷花。吴湖帆先生的荷花是兼丰肥之美、雍容之态，如果这样说还不够，那么再加上"富丽"二字也不为过。张大千也画荷花，但要是把他的荷花和吴先生的放在一起，好有一比，一个是在那里素面清唱，一个是粉墨登场，毕竟后者更声色毕足。

吴湖帆走的是一条容易滑向俗艳的路子，但吴先生把握得特别好。时至今日世人论画很怕说"好看"和"雅"这两个字，而吴先生的荷花便一是好看，二就是雅。我常把吴先生的荷花和当代其他大家的花卉对看，吴先生是宋人的风神！

画过原子弹的画家毕竟不同于一般画家！

这句调侃的话我想如吴先生还活着，听了，是会一笑的，那个时代，你又有什么办法？在那个时代，毕竟还有吴先生这样的荷花可以养眼。如果吴湖帆先生活着，我倒更想私下问一句的是，吴先生压在竹子上的那块儿红砖到底是什么意思？也许，是不是，对那个时代用笔墨做的一次大调侃？

金农的梅花与字

八怪之中，金农似乎是个领袖，首先是诗好，说到诗好，他更是八怪之首，连郑板桥都好像要让他一步。画家与画家之间，作家与作家之间原是不能相比的，各是各的事，是，各有擅长。金农是奇思妙想，但他的大部分的好也停留在"奇思妙想"之上。用我老师可梅先生的话就是"金农知画而法不备"。但是，金农有两样好，梅花和他的书法，一般人无法与之做比。我喜欢金农是从他的《冬心先生集》开始，这本集子的序写得深获我心，简直是画家向世上发表的一篇美的宣言。金农先生的这篇序我不知读了有多少遍，读毕，总要闭着眼想想序里的那种境界，觉得如果能永远待在这篇序里该有多好。

金农作画喜欢同样题材反复来画，比如这首："树阴叩门门不应，岂是寻常粥饭僧。今日重来空手立，看山昨失一枝藤。"金农以这首题画诗反反复复画过许多幅，简直是，每一幅都好。金农的画好，好在总体的妙想上———一个和尚在那里敲门，浓郁的树从墙头里边直长出来，那境界出奇得让人向往。为了一枝藤杖，这个出家人又来了，而这又是个风雅得紧的出家人，一个将看山比持经念佛都看得重的出家人。金农之好，不好在技法，而好在妙想之上，在别人不敢想的他都敢想，比如画墙头，一堵墙头，梅花从墙头那边过来，简简单单却有意韵，画面上没有人，却分明又有人在，这个人正立在墙头之下仰着头看别人家院子里的梅花。不知是谁的诗："梅花开时不开门。"梅花在古人的眼里真是性命，不开门一是要自己看，二是怕俗人扰了梅花的清韵。我家养梅花便是这样的心情，今年的梅花是绿萼先开而朱砂随后。梅花开的时候是既想让人来看，又不愿让人来看———想让人来怕乱，不想让人来又怕梅花是白开一场。好东西是要人看的，但你有太好的东西就是怕人看，那简直像是娶了如花似玉的美妾，是想要人看的，却又怕人看。在心里，是火烧火燎。

金农之好，是随笔点染，全不问技法过不过"法"字那一关。比如他的荷塘，一点一点、十点百点深深浅浅的绿便是那荷，一道小小古典廊桥便是看荷的地方，这样的题材他画过不止一次。那荷塘的廊桥之上是有时有人，有时没人，有人没人都没什么关系，那画面总是很吸引人，静中的一种热闹，花开总是热闹的，没人却是冷清，这便让人生出一种莫名其妙的心绪，这心绪又说不清。金农的画里总是有许多说不清的东西在里边。你想提意见的时候在心里又对他佩服得实在了不得。看金农画，完全是到庙里参佛的意思，尘间的细节都没有，但就是要让人把尘间的事一一都想过。金农的画是真正的文人画，如把他许多画上的题画落款抽去，他的画简直就没得看，但题画诗和落款一出现，他的画便马上变得耐人寻味。

金农敢于画不能再简单的画，远处一抹山，近处是一丛芦苇再加一抹小沙洲，然后是，一个在那里垂钓的人。太简单，没得看，简单得没得看，宁静得没得看；但一题诗，便了不得。

67

金农的画是浑然一体的，无可拆分，就像是世上的一种美人，五官眉眼分开看都不惊人，但放在一起却是天下大美。我喜欢金农是从他的文字始，画家怀一也喜欢金农，我送他一本上海古籍的《冬心先生集》。后来我千方百计又找到一本线装本的《冬心先生集》，这本书，怎么说，便像是我的别一种《圣经》，总是看，总是看。

梅兰芳先生的拿手好戏有两出，《贵妃醉酒》和《宇宙风》，每每搬演，光照四座。而金农先生的拿手好戏是他的梅花和漆书。金农的梅花松得来也紧得好，能松能紧，圈圈点点全是诗歌和文人的白日梦！金农画梅，不是一枝一枝长起，也不是一朵一朵开起，是一长就是一大片，淡墨浓点，真是风雅至极，是浩荡的春风手段。春风要花木从冬天里醒来，原不在摇一枝拂一朵慢慢下工夫，而是铺天盖地！站在金农的大幅梅花下，真是让人一时不可捉摸，不知此老是从何处下手，百杆千枝千朵万朵的感觉分明让人觉得你已身在梅林。金农先生的漆书是书法史上的开宗立派，是金农先生方方面面最亮的一面，好得不用再说。

没事翻金农的画和诗文，心里的感慨总是一时好像无法收拾，好而无法说。"知画而法不备"却又每每令人着迷，这便是金农的好，也，便是他的怪，也，便是我无法不喜欢金农的地方。画家粥庵说："金农题款，天下第一，看似民谚，朴素高深。"

信然！

白石老人的虫子

　　近百年，或者简直可以从瘦金体的宋代一直说到现在，白石老人无疑是画草虫最好的画家之一。白石老人的魅力在于他的兼工带写，写意的花草蔬果与工笔的草虫，二者相对，笔墨情趣，相得益彰。那一年，我十八岁，对古都北京还不十分熟悉，背着一个小挎包，一头的汗，好不容易找到了跨车胡同，是，很一般的那么一个四合院，是，很一般的那么一个小院门，门左墙上镶一块白石，上镌四字：白石故居。当时我的激动是想一下子就进去拜一拜，看看白石老人的画案或画案上应有的文具；但院里的人神情都十分的冷漠。现在想想，去跨车胡同拜访白石故居的人一定很多，住在这院里的人，想必应该是白石老人的后人，一年三百六十五天不

70

知要受到多少进进出出的打扰，想清静亦不可得。就像我后来与天姥山的朋友永富去黄宾虹老先生杭州栖霞的故居，院子里的人——想必也是黄宾虹老先生的后人——神情也是冷冷的。现在想想，可以理解，一家人过日子，未必非要穿金戴银，但"岁月静好"这四个字是一定要的。

北京的老四合院，一年四季，风霜雨露，花开花落，蝴蝶啊，蜻蜓啊，蚂蚱啊，知了啊，蛐蛐啊，该有多少草虫可看。北京的老胡同里到了夏天还会让人看到很多紫得吓人的扁豆，扁豆是紫的，但花却是红的，好看。还会看到凤仙，凤仙的好看在于它几乎是半透明，用北京话是"水灵"，所以才好看。白石老人画过不少这类东西。在北京，到了秋天还有老来红，开花红紫一如大鸡冠。这些东西老人都能看到。老人画草虫，喜题"惜其无声"，或一片怜爱之心地题"草间偷活"。白石老人所画草虫多多，连臭虫和屎壳郎都画。老人曾画屎壳郎，上边题曰："予老年想推车亦不可得。"屎壳郎滚动粪球和老汉推车相去大远，一个头朝前，一个要头朝后。所以有人说白石老人这是隐语。此画虽无明确年款，但就书法风格和画风而言，当是白石老人八十后的作品。八十岁的老人是不宜去"推车"或"挑担"，怎么说呢，或去"拔葱"。

白石老人看大风堂主画知了，知了头朝下，便对大风堂堂主说，知了无论落在哪里头都是一定要朝上；而白石老人自己画知了也常常头朝下。白石老人画蝗虫，大多头朝左，为其手顺。老人画虾，鲜有头朝右的，大多头朝左，也是为了手顺。鱼也这样，大多都一顺儿朝左边去；有头朝右的，但很少。小时学画，朱可梅先生一边笑一边对我说这些事，说多画一些头朝右的，不要到老养成毛病改不了。四十年过后，现在画册子，不才笔下草虫朝左朝右，居然手顺。朱可梅先生教予画草虫，每每以一字论之，画蝼蛄要把气"沉"下去，画蚂蚱其气要往上"扬"，画蛐蛐要取一个"冲"字，画蜻蜓要"抖"，画蝴蝶要"飘"。这亦是对白石老人草虫最好的总结。

白石老人的画是越简单越好看，草虫册子便如此。白石老人画一青花水盂，盂里一小水虫，在游动。白石老人画蜘蛛，是画肚皮那边，交错的几笔，就是蜘蛛，不用说明。白石老人画草虫得其神。工笔草虫太工便死，爪甲须眉笔笔俱到，神气往往会一点全无。白石老人之工虫，虽工却有写意的味道，老人善用加减法，虽是工笔，但该加则加，该减则减。虾的腿多，老人只画几笔，愈见神采。老人画蟋蟀，画苍蝇，虽小却神气毕现，像是马上会弹跳起来。老人画蚂蚱，前边四条小腿上的小刺全部减掉，是更加好看；而画灶鸡，却把腿上的毛刺夸张出来，是愈见神采。这便是艺术。说到小小的草虫，白石老人像是特别看重自己笔下的蜜蜂。白石老人一生曾多次自定笔单，一九二〇年所定的笔单是这样："花卉加草虫，每一只加十元，藤萝加蜜蜂，每只加二十元，减价者，亏人利己，余不乐见。庚申正月除十日。"这蜜蜂，当然是飞的那种，近看，是浓浓淡淡一团，远看，嚯，一只蜜蜂正飞过来。

白石老人题草虫："惜其无声"是自赞一语。

白石老人题草虫："草间偷活"，或亦是自况，却让人味其酸楚。

73

本　色

　　白石老人是本色的，诗书画印，再加上坊间有关他的种种传奇，综合在一处，老人一辈子的行止都是那样本色——手里的朱漆杖，胸前的小青玉葫芦，头上的黑色小额帽，还有老人身上穿的那袭褪了色的长衫，或在炎夏，老人穿了白布短裤褂坐在那里，脚下是趿鞋，手里是用旧布缘了边的芭蕉扇，简直是没一点点大师色彩，而大师就在这里！相对，与他同时代的许多艺术家或着西装革履出洋，或穿长衫周游世界，其风采，终不如老人来得好看，这好看就是本色。

　　画家朱丹曾回忆他们一行去跨车胡同请白石老人画鸽子以响应保卫世界和平。老人坐在那里，静静地听客人讲话，他的身后案上那两盆天竺葵开得正好，一盆是正红，一盆是淡粉，案子上的那两只帽筒，照例是一只里边插着鸡毛掸子，一只里边放着一卷裁好的宣纸，老人忽然竖起一个手指头问：为什么要我画鸽子？不等别人回答，老人马上接着就笑起来，说："鸽子不打架。"这非但是童心，亦是本色。

白石老人其实不是一个人，而是一个博大而瑰丽的世界。在老人的世界里，花鸟草虫，山水亭林，人物佛道，诗歌篆刻，样样都有他自己的主张在里边。新时期朦胧诗初泛的时候，居然有人抄袭老人的诗作投稿发表，居然刊于《诗刊》。这首诗最后的两句是："莫愁忘归路，且有牛蹄迹。"诗写得真是恬淡天真。老人曾画过一张《牧牛图》，上边题曰："祖母闻铃心始欢，也曾总角牧牛还。儿孙照样耕春雨，老对犁锄汗满颜。"其实老人不必汗满颜，直到老，老人一直都在勤苦耕种，只不过是田头锄头换了案头笔头。用力和情感都一样在春雨秋风间。

有人说白石老人的画是"简括有力"，老人的画可也真是简括有力，人物，只几笔；山水，也只几笔；花卉，有时候也只是几笔。看老人的梅花，满纸大黑大红，一笔下去，又一笔下去，枝干交接处用多大的力，仔细看，一笔笔都是篆隶！用现在的话说是十分肯"给力"。老人的大幅荷花，离近了看是十分纷乱，离远了看可真是好。说白石老人"简括有力"，其实是只说对了一面，白石老人的另一面是"传神入微"，其工虫之细致工妙，至今无人能出其右。论书法，论篆刻，论山水，论人物，论花鸟，论工虫，老人都下笔有绝到处。但要说最好，当数老人花鸟工虫的兼工带写，这样的画法，前人有，但白石老人是个高峰，以工虫之工，对花草之写意，工者越显其工，写意越显其写意之意趣。工笔与写意向来是很难放在一起表现，而到了老人这里一切都如行云流水，白石老人是前超古人，后无来者——直到现在，无人能出老人其右——白石老人的兼工带写。

现代老画师，能诗者不多，白石老人的诗气格最好，黄宾虹先生的诗亦好，如再加上已在梅丘下安眠的长髯翁张大千，三家的诗轮番读来，还要数白石老人的诗来得清新本色。白石老人到老都在本色着，是农民加工匠的本色。他亦好像喜欢自己是这样的身份，身居京华，他怀念过往"耕春雨"的日子。老人或也有清狂之时，比如反穿了皮袄手里拿了把扇子拍照，是白石老人的另一面，我们很难知道他当时心里想什么，但分明他的心里不那么快乐。

白石老人是本色的，这本色既来自民间，又来自传统，把老人笔下的猫和徐氏悲鸿笔下的猫放在一起对比着看，怕是老人的猫更有看头。白石老人的人物向来简单，但好，老人画《别人骂我，我也骂别人》，老人画《老当益壮》，老人画《读道经》，都好！后来画人物者多矣，如把他们的画和白石老人的画放在一起，还是白石老人笔下的人物能于百步外夺人魂魄。

白石老人的本色，是从人到画，再从画到人。白石老人没有上过美院，但他永远是美院的圭臬。白石老人的一生，艰苦而辉煌。

先生姓朱

　　我的父亲好客也好酒，那时候总是有人来和父亲喝酒，总是已经很晚了，父亲和他的朋友还在喝，蒙蒙眬眬中都是些东北的口音，所以我这个东北人到了后来对东北人没什么太好的印象，嫌他们话多，夸夸其谈。而我父亲的朋友中有一位很瘦，北京口音，后来成了我的老师，便是朱可梅先生。朱可梅画花鸟草虫，那时候的朱先生是中山装，衣服口袋里总好像装着什么，鼓鼓囊囊。有一次他从口袋里掏出两个果子，我以为他要吃，或给我吃，但他看了看，又放回口袋。有一次他口袋里放着一个玉米棒子，那时候鲜玉米刚刚下来。

　　我跟朱先生学画的时候已经十三岁。去了，也只是看他画画而已，不画素描，也不画速写，去了，可以翻翻书，都是些老画谱。窗台上，还有那两个衣柜上都放着些书，衣柜上还有个青花的胆瓶，里边插着一把掸子。朱先生对我说，我画画儿，你看就行。我就站在那里看。朱先生画画儿一般都站着，但画草虫就必坐下。他用生纸画草虫，一边画一边说，第一遍勾线要淡，笔上的水分要最少。我就站在那里看朱先生勾线。朱先生勾很细很淡的线，很快。然后是施色，用一只小号儿羊毫，一手使笔，一手拿一块儿叠成小方块的宣纸，火柴盒那么大一块，一边施色，一边马上就用这小纸块在纸上轻轻按一下，不让颜色跑出去。朱先生画工虫很快，但颜色总是要上好几遍，一只虫子就在纸上了，然后再用深一点的颜色现把线勾出来。如画蚂蚱，须子是最后画，从须子的根部朝外挑。朱先生的这两条线勾得很好，他自己也得意，说：你看看这线。又说：颜色不要上闷了。

后来，朱先生让我给他磨墨，我磨好，他试一下，用墨锭再磨一下，说还不行。我就再磨。朱砂也要研，先把水兑进去再不停地研，研得差不多，先生说别研了，再研就坏了，然后先生再把胶兑进去。一边兑一边用笔在朱砂里蘸一蘸，说好了，或说你看这就不行。用朱砂画雁来红，画完朱先生就会把纸马上反扣过来，说这样颜色就不会往后边跑。有时候画干了，朱先生会在纸的背后再把笔一跳一跳地补些朱砂。朱先生的雁来红很好看，颜色好，但不是一大片，通透。朱先生对我说，别画得让人喘不过气来。朱先生把叶子与叶子的空隙留白处叫"气眼"。朱先生画桃子，先在纸的背后用藤黄和赭石调好的颜色打一下底，然后再用胭脂从正面画，一笔，两笔，三笔就成。朱先生的桃子很饱满。朱先生反对学中国画画素描，朱先生自己就不画素描。朱先生画葫芦，总是从葫芦屁股那边画；朱先生画蝈蝈从不画绿蝈蝈，只用赭石画麦秆儿颜色的蝈蝈，朱先生说绿蝈蝈红肚皮不好看。朱先生的小小画案上放着一个火柴盒子，火柴盒子上用大头针扎着一只蝈蝈，这个蝈蝈在朱先生的画案上放了许多年。朱先生画画总是先看纸，把白纸挂在立柜旁边墙上的那根铁丝上，一看就是老半天，嘴一动一动。朱先生对我说，要把纸上的画看出来再画。画完这张画，还要把它挂在那根铁丝上再看。朱先生说画平放着有时候是虎，挂起来却是一只猫。

我跟朱先生学画，是从帮着裁纸、磨墨、兑颜色开始。朱先生最喜欢的画家是齐白石，他不怎么喜欢王雪涛；他说吴昌硕太灰，任伯年笔好但没意境；徐渭是个疯子，容易让人学坏；八大的鸟是漫画，总是在那里瞪人也不好。而朱先生说自己画了一辈子没着落，我不知道朱先生要着落到什么地方去。

朱先生画紫藤的老秆用一种笔，画紫藤的花又是一种笔，朱先生用大笔画很细的线、很小的叶片，而落款却是用小衣纹，小笔写比较大的字，写两三个字，墨就没了，再蘸墨再写，朱先生的题款总是浓浓淡淡直至枯干，很好看。朱先生画画儿，工作却在邮电局。朱先生没事拉京胡，嘴跟上动。忽然他不拉了，过来看我，说："这地方交代清，这些叶子是这根上的呢还是那一根上的？画画儿别复笔，别描，一描就臭了。""写字不能描，画画也不能描。"朱先生的单位正月十五出灯，单位要他给灯笼上画些东西，他也照画，很认真，灯挂出去，有人说不好，先生说：你懂个屁！

后来，我已经大了，但还是经常去朱先生那里看他画画儿，给他磨墨兑颜色。朱先生用的时候总是说："合适。"有一次，朱先生忽然很高兴，说花鸟能行了。

我不知道朱先生这话什么意思，后来就看到了那张《毛竹丰收》，朱先生很兴奋，说还是竹子好看。

　　朱先生教我画画，从来没什么理论。朱先生说，中国画就是这样一代一代传下来的，又说："齐白石就不画素描！"又说："学中国画就要先学会磨墨兑颜色裁纸。"朱先生把"蜜蜂"叫作眼睛。画紫藤，总是说："眼睛在哪儿？眼睛在哪儿？"朱先生把蚂蚱也叫"眼睛"，说"怎么'眼睛'在那儿啊？不对！瞎了。"螳螂也叫"眼睛"。记得有一次朱先生把父亲的人参酒拿起来对着光看，看来看去看那根酒瓶里的人参。父亲说你又不画人参你看什么，喝酒吧。朱先生不高兴了，说，不画就不能看了？朱先生的口袋里，总放着些七七八八的东西，有一次他一手掏手绢，一手从另一个口袋里掏出个树上结的那种柿子，黄黄的很好看，他把柿子擦了又擦，我以为朱先生要吃。他把柿子擦完看了好一会儿，又把它放回了口袋。

　　我们那地方不长柿子树，不太好活，活了也不会结柿子。

　　怀念朱先生。

猪鬃记

　　每次去和平门那边的琉璃厂，我总是要到卖笔的铺子里去看看。琉璃厂的西边笔铺子多一些，大大小小不知有多少家。家里虽说有许多的笔，但还总是要看笔买笔，虽然买了也不见得就会马上用，但心里总觉得要是现在不多买些放在那里，以后好笔会越来越少。前几年还能见到的那种笔杆上手工刻字的笔，这几年几乎都见不到了，现在毛笔杆上的字几乎都是用电脑刻了。不是不好看，是难看，让人心里很是不舒服。五六年前，我给自己定做一批笔，事先说好了一定要用手工刻；现在还想再定做一批画工虫的小笔和画山水的猪鬃笔，只是不知道还能不能找到可以在笔杆上刻字的师傅。如果能找到，一次就定制五百支或一千支，其实做这么多笔很

83

难用完，其中一多半都是送了朋友。但如果能找到好刻手，即使用不完也要多多定制。毛笔多了也容易招虫子，所以要在存放毛笔的箱子里放几块香皂，最好是那种上海牌的硫磺皂。我平时洗浴洗脸都用这种硫磺皂，用的时间久了，居然觉得那味道还很好闻。即使是很难闻的那种猪鬃笔，一旦和硫磺皂放在一起，猪鬃的臊味也会减淡。说到猪鬃，过去的鞋刷子和别的什么刷子几乎都是用猪鬃做的，没有什么动物的毛能再硬过此物，我现在用的一把谭木匠头发刷子就是猪鬃所制，每天用它梳一下头，很是过瘾。说过瘾其实不准确，是很刺激，头皮被梳得既痛且痒，一边梳一边想猪鬃可真是好东西，怎么会有这么硬？因为买猪鬃笔，才知道过去最便宜的这种笔现在也越来越贵。一是猪鬃不好收，过去是从国营的大屠宰场里去取。大型的屠宰场一天要杀多少猪？杀得少了都像是对不起那流水线，所以猪鬃多得是，几麻袋几麻袋地收回来再慢慢挑选梳理。二是书画界用猪鬃笔的人本不多，除了画山水的画家会用到，画花鸟和写字一般都不会挑选这种笔。其实猪鬃笔亦是可以用来画花鸟和写字，而且出来的效果很是特殊。那一次去南方写生，出去之前整理写生用的东西一时粗心只带了两支猪鬃笔，想不到临到画的时候才发现它的好。梅花的老干老枝，用猪鬃笔画出来特别的有味道，梅的花朵也一样，一下笔就已经是重瓣，点蕊，只需下两三次笔，都在那里了。用猪鬃笔写字，下笔便到苍茫之境。笔之中，石獾笔算是硬，但若与猪鬃笔比，只能说它软。

一支中号的猪鬃笔，现在要卖到三十五元一支，若是买十只便是三百五十元，价格不能说便宜；而羊毫就更贵，但长锋羊毫用起来太软，须加健。以前的加健须用狼毫或鼠须，但更多的是用猪鬃，现在却统统都用了尼龙丝。尼龙丝不会吸水，也不会被水泡久了软掉，而动物的毛，无论是狼毫还是鼠须，一旦着了水便有变化，所以用起来没有那种怪怪的感觉。试想，你拿一支笔写字，写到后来笔头上忽然呲出几根挺硬的尼龙毛来，这是让人看上去极不舒服的事，但其实也未必会影响到写字和作画。

最近和笔庄联系了一下，鄙人要再定制一批猪鬃笔，说好了我自己去找猪鬃，这想必不太难，有猪在就有猪鬃。我的想法是找白黑两种的猪鬃，白色的猪鬃配一般的竹管，而黑色的猪鬃要配紫竹竹管，笔的两头不加牛角，从小到大，鄙人一直喜欢这种直管的笔——也就是依古法所制之笔，去博物馆所能看到的汉代或宋代的毛笔没有不是这样的。

猪鬃除了做笔做刷子，还可以用来刺乳通尿道，坐月子的女人奶水下不来，用猪鬃去刺激，据说奶水就会下来。但怎么刺，鄙人一无所知。还有就是通尿道，这当然是对男子，尿不下来，也许是结石在作怪，民间的草头医生便会选一根极长的猪鬃来慢慢去通，一通两通就好，并不需要吃药打针，或去男科医院做种种检查。特别长的那种猪鬃一般都长在野猪身上，家猪的猪鬃没那个长度。鄙人有一把茶刀，刀把子便是一枚野猪的牙；而野猪的猪鬃家里却没有一根，这倒想求陈应松帮个忙，想必神农架那边有不少野猪，弄几根长猪鬃相信不是什么难事。

毛笔帖

　　民间的"六月六，晒衣裤"其实古已有之。《世说新语》里的那位没有鲜美华衣可晒而把大裤裆裤子拿出去晒一晒的主人公———一时想不起他是谁了，足见鄙人读书是胡看，并不想牢记什么。其实也不必记，虽然有备忘录在那里，但备忘录也只是记一些怕给忘掉的事。比如答应给谁写一幅字，或某某几号请去吃酒的事。这种事一定要记清了的才好，记得有一次我们几个朋友被另一个朋友请去家里吃酒，我们几个糊里糊涂地就那么去了，已经是到了吃饭的时间，主人和急匆匆赶去的我们相对而视一脸的迷惘，主人好像已经忘了答应我们去吃酒的事，及至后来大家都笑起来，原来讲好吃酒的日子是第二天，而我们统统都记错了，头一天便赶了去。

所以请吃或吃请这种事情是要上备忘录的，以免再出这种笑话。鄙人的记性不好，所有的事都要记那么一记，比如南昌的朋友于前几天忽然寄来了一支很好的毛笔，笔杆居然是翡翠做的，拿在手里便忽然想到清宫里的那间小屋子三希堂——昔年曾在那里看过皇帝用的笔才会有这种笔杆，这不免也是要记一记的，以便后来答谢南昌的朋友。而且最近用来写小字的笔也没有了，还要记好再去买十几支写小字的毛笔。说到毛笔，凡是中国人，没有不认识毛笔的，但说到使用却未必人人都会去用它。前几年曾向湖州定制了一批毛笔，其中最数笔杆上刻了"生死刚正"四字的笔好，终于你一支我一支地全都给了朋友。这个笔的好处一是笔杆很长，正好站在那里写字而不用哈腰；其二是笔锋之长几乎是天下无二，当然是就笔头的零点六毫米而言，而且笔之两头都是用白牛角。这样的好笔，即使不写字的人也会忍不住拿起来在纸上横平竖直一下。鄙人定制的这种笔还有一样好就是笔杆上"生死刚正"那四个字是手刻的，而时下刻什么都已经用电脑代劳了，笔杆上的字也是同样的待遇。

说到写字的家具，一定是纸笔墨砚之四种，可以说是离开其中的任何一种都写不成，只不过现在的变化是研墨被取消了，写对联什么的有一瓶墨汁就足可以，并不要一个人在那里磨来磨去。但认真作画还是要研墨，早上起来把墨研好，研多少自己知道，最好是到了晚上统统用光。用不完的，如砚里还剩一点点余墨而又不够作一幅画的便用毛笔在砚里扫几扫，再把笔上的墨在笔洗里涮几涮，这笔洗里的水被主人这么涮来涮去，天长地久地涮下来便会日渐地臭起来，亦可算是宿墨之一种。从古到今的文章法都是有话则长无话则短。由毛笔说到买毛笔，其实也没什么好说，不过是去文具店转来转去，鄙人居住的小城里也有许多家卖毛笔的，但笔杆上边的刻字都是电脑所为，这就让人不能喜欢。不久前去北京琉璃厂，转了一家又一家的文具店和笔庄，居然也是没笔可买，而又不能空手回来，便买了一支老大的罗汉竹笔杆的大笔，罗汉竹节短而粗，拿在手里很舒服，笔是一般的笔，好在上边什么也没刻。这支笔现在已经开始用，而真正的想法是等这支笔用坏了，那笔杆可以做一个拂尘的柄。一直想做一个很小很小的拂尘，没事拿在手里拂来拂去很好玩，而且是有蚊子赶蚊子没蚊子赶苍蝇也可以。

　　不能说现在没有好毛笔，但有一点可以肯定的是，现在没有好笔杆，用电脑在上边刻几个字，这笔杆怎么都不能让人说好。

闲　章

　　说到印章，每个人都有，没有印章的人很少。领工资，到邮局取包裹，都离不开印章。我父亲的印章是小犀角章，那时候这种章料不那么稀罕，做犀角杯挖出的料不好再做别的，大多都做了这种小东西，剩下什么都不能做的边角碎料就都进了中药铺。父亲的这枚小章放在一个手工做的小牛皮盒子里，这个盒子可以穿在裤带上，是随时随地都在身上，可见其重要。还有一种印章是做成戒指戴在手上，是更加安全。这都是名章。而说到闲章就未必人人都有，但书画家是必备，一方不够，两方、三方、五方、六方。齐白石的印章像是最多，所以往往在画上题"三百石印富翁"，但此翁的闲章何止三百，只是他常用的也就那么几方，"寄萍堂""大匠之门""借山馆""以农器谱传子孙",这方章最特殊,让人觉着亲切,是不忘本。白石老人的馆堂号从来都没用过"斋"字,至今尚无人考证为什么。

书画家用章,首先是章与他的书画作品气韵要合。白石的章和他的画就十分合,是浑浑然一体,朱新建的章也如此,他用别人的章还真不行。傅抱石也治印,却不怎么出色,他曾给毛泽东治一印,现在还在南京美术馆里放着,章料的尺寸不能说小,是平稳,但不精彩。前不久在日照办画展,看老树的章,画上错错落落盖了许多枚,横平竖直的宋体或楷体,居然大好。

我现在所用章,多为渊涛所刻。有一次吃饭,渊涛和我打赌,就是要喝够一斤高度白酒就输于我十枚闲章。还不就是酒,六十七度又怎么样?我还怕酒吗?是我喝它,它又不能喝我!结果我赢了,但也醉得够呛。那十方章,我拿回来,能派用场都派用场,也热闹,其中有一方是"幽兰我心",却偏要盖在梅花上兰花上菊花上。文不对题却大好。

民国的哪位画家,记不清了,最是大度有趣,老来盲一目,他给自己刻一闲章,只四字"一目了然"。我喜欢这样的人。再说一句和刻章无关的话，那就是《上海文学》的主编周介人先生，已故去多年，因为脱发，他戴一个发套，那天吃饭，天热，他忽然抬起手来把假发套一摘，往旁边一丢，说："妈的，太热了。"这真是潇洒可爱。我看画，最怕看到"细雨杏花江南"，这样的闲章，像是有意思，其实是没一点点意思，朱新建的闲章"快活林"有多好，人活着，就是为了快活。

　　——为了快乐。

墨　猴

　　昔时喜欢画猴，曾画了许多，都放在一个小竹箱子里。小竹箱子分两层，打开盖子是一层，把里边同样是竹编的屉子拿开来又是一层，上边这一层放纸，下边那一层放笔墨砚台，感觉这便像是古时考生们挎着去赶考的考篮，而实际上它早先是放点心的。前几天曾看到过荆歌的一只老竹箱，便忽然想起家里的这件旧物，而家里的这个竹箱现在早已不知去了哪里。竹箱和藤箱在南方多是生活用品，现在用的人已经不多，去年曾在潘家园买到过两只藤编的桶状藤盒，却据说是越南那边进来的，盖子可以打开却又是用编的绞链把盖子与藤盒相连着，上边还有扣绊，编得甚是精巧好看，我现在只拿它来放各种杂物。昨晚因为饮酒，从外边回来就睡，而一觉醒来，外面却还黑着，摸索着喝过茶，看看表才凌晨四点，但再也睡不着。昨天是立春日，一旦立过春，真正是又一年了，因为是猴年，前两日便画了两只小猴，所以大清早就想到猴是很自然的事。国人对猴有一种别样的喜欢，这其实是与传统书画分不开，比如一幅画既画了鹰又画了熊，那不用说，这就是暗指了"英雄"，而猴却是与"王侯"的"侯"分不开。最早的唐宋年间的玉雕，便有一只猴子伏在一头大象的身上，这便是"封侯拜相"的美意；而到了明清，多见的是一只猴子骑在一匹马的身上，这便也不难理解，便是"马上封猴"，虽然心情像是格外的急切了些，但用诗人毛泽东的"一万年太久，只争朝夕"来说，又像是本该如此。人生短暂，想做什么事情本不该犹豫才是，要马上做起，爽利一些才是人生真正的好态度。年前诗人雁阵曾送我一件宋元时期的小挂件，便是"马上封侯"，亮晶晶的，曾想过把它挂在身上的什么地方，但它现在却一直在书架上待着。每次看它，便觉喜气，虽然自己并没有做官的想法。

　　说到猴，鄙人小时候最喜欢的便是它。当年兴冲冲

95

地去动物园，口袋里总是放些可以吃的东西，自己不舍得吃，就是想去喂给猴子。猴子的脸和屁股是通红的，突出的额头下那两只眼睛又离得特别近。因为从小喜欢猴子，一旦画起来就很顺手，它怎么蹲，怎么坐，怎么抓耳搔腮，根本不用怎么想就可以画得出来。说到猴，很难不让人想到猿。唐诗里的"两岸猿声啼不住"，其实我想那应该是猴子在叫。我现在都不知道中国到底有没有猿，或者是什么地方有猿，而张大千养的那只猿又是什么猿。猿的双臂像是要比猴子的长许多，和猴子的区别是，猿总是喜欢用长长的手臂把自己吊在树上荡来荡去。好像是，宋人就这么画猿，而且多是白脸儿黑猿，及至到了后来，画家们画猿也都是让它们吊起来，而画猴却是另一路。画猴可以让它们蹲着，坐着，可以让它们抓耳朵，可以让他们探头探脑。白石老人曾画一猴，是白猴，虽是白猴，但手脚却是黑的，举着一只很大的桃子，这幅画应该是"白猿献寿"的意思。其实如果真正的画起猴和猿来，是很难画一只全白的出来。

鲁迅先生，现在不少人都叫他大先生，这个叫法，就像是和他很亲。鲁迅先生写过那么多的文章，但我总记着的却是他不知哪篇文字里写到过的一只墨猴，很小很小很小的猴，小到它平时就住在主人书案上的笔筒里，你想想它应该有多么小。你在那里写字或者是作画，写到或画到最后，倘若砚台里还有一点点残墨，它就会从笔筒里跳出来把那残墨一点一点舔着吃了，它的食物居然是墨，然后，它又一跃，又跳进笔筒里去。直到现在，我都想有这么一只墨猴，那么小一丁点儿，那么小一丁点儿，那么小一丁点儿的小猴儿，可以住在笔筒里的小猴儿。

原想把鲁迅先生的这篇文章找到，把写墨猴的那一段抄下来录诸卷末，翻了翻《鲁迅全集》，一时竟不知从何处找起。

枯山水的波纹

　　曾看到过周作人的一篇回忆文字，说他的日本籍妻子临终之时居然满口讲的都是中国话，心内不禁戚然。这不免让我想到自己的父亲，家大人只活到四十九周岁，生前有许多的朋友，为人爽利而且喝得好酒，但他之不合时宜处也多多，一是他的四件套，望远镜、双筒猎枪，还有一件棕色的皮夹克和一双棕色的"太阳牌"花样冰鞋。这四件东西在现在看来并没有什么问题，但在20世纪的五六十年代则是十分的扎眼，十分的不合时宜。家大人那时候热衷于打猎，记得有一次他一连出去几天，那天晚上终于回来，带着浑身凛凛的霜雪之气从外边回来，把肩上的什么东西"咚"地一下子扔到地上——那是一只很大的黄羊。家大人之更不合时宜处是他在我小的时候就一次次对我说："不要入党，不要当官，要靠本事吃饭。"及至他住院昏迷，临去世之前却忽然只会开口讲日语，是满口的日语，这真是让人愕然，让人防不住，让人多少有些害怕。谁也想不到他会这样，也没人知道他在说什么，更没人知道他在昏迷之际想到了什么，当然也没人和他交谈。6月的阳光从窗外照到病室里来，一切都那么白厉厉的，他躺在那里，我们紧紧围着他，听他迷迷糊糊地讲着日语，直到现在，都没人知道他在日本长到十八岁都有些什么故事发生。我看到过他的一张照片，那么年轻，那么瘦净漂亮，大眼睛高鼻梁，烫着发，还别着一个很短的发卡子——发卡子是由一连串的英文字母组成，这简直是更让人愕然，照片上漂亮的年轻人居然是我的父亲，这样的装扮，啊，怎么会是这样？烫发、发卡，眼睛是那么亮，男人原来是可以戴发卡的吗？

　　家大人喜欢花草，喜欢养鱼，喜欢找来几块"上水石"做盆景。那时候，家里总是有一大堆的上水石，父亲总是在那里敲敲打打，把一块又一块的上水石这么看看，那么看看，这么摆摆，再那么摆摆。上水石可以把盘子里的水吸到石头上边来，所以在石头上撒上草籽，没几天那草籽就会发芽生长。父亲不知从什么地方又找来许多白色的石子，现在想想，这种白色的石子当时并不难找，工人们做水磨石地面都离不开这种小石子。父亲先把这种大小均匀的小白石子铺在长方形鱼缸的底部，然后再把水注进去，然后用一个很小的小耙子把鱼缸里的石子耙耙平，鱼缸底部的石子被耙平后，父亲再在石子平面上用小耙子耙出波浪纹的图案，当时不觉得什么，也不觉得有什么好玩儿，现在想想，这就是日本的枯山水。当我站在日本龙安寺著名的枯山水前面时，我忽然明白了父亲当年在鱼缸里弄的白石子图案是怎么回事。父亲还用一个盘，长方形的紫砂盘，把一块上水石放进去，然后再在盘底铺上那种颗粒均匀的白石子，把白石子铺平后再在上边用小阔齿耙慢慢慢慢耙出波纹来。这就是枯山水。

　　家大人离开我已经四十多年，他年轻时候的一切我们都不清楚，但他的一举一动又都好像还在眼前，他俯身在那里，用那个小耙子，在白色的石子上耙波纹状的图案，一次不行，再来一次，或者，再来一次。家大人做这种事情的时候很有耐心，而唯有这一点我不像他。我不喜欢养鱼，也不喜欢他喜欢的那种上水石，也不会把小颗粒的白石子弄弄平再耙出些水纹来。

四十多年的时光不能算短，但又好像是就在昨天，一如那凝然不动的枯山水波纹。

第二辑　我漫游四方

富春山小记

　　到富春江边，第一件很想做的事就是看看富春江两边的山色。先是白天坐车，外边正下着雨，从车里所能看到的山上都是层层叠叠的树，既看不到"斧劈"，亦看不到"披麻"。到了晚上坐船再看，两边山色一如浓墨。第二天再去看富春山，满山的竹子和杂树让人觉得这里的绿真是好看，浓绿淡绿一层一层向天边推去，无处不是国画的意韵。朋友说若是有机会爬到山顶，从高处望望气韵独胜的富春山，也许差不多能让人领略一下黄公望笔下的意韵。

　　坐在山间亭子里，四处望望，真不知当年黄公望是怎样领略这一派大好山川。富春山两岸的植被极好，让你根本看不到石头。上到山上，是否能看到《富春山居图》里的块块垒垒？也许你看到的依然只是各种的树和竹子。我们行走在竹林间，诗人立波说黄公望的筲箕泉到了，就在前边。我当下就痴住，感觉上是在朝圣了。路左手的下边，那一道溪水在乱石间奔跳，水真是清澈，溪水旁分明是一井，离井不远处是一亭。亭子一眼便让人明白是现在的建筑，但我宁肯相信它就是当年黄公望的亭，也宁肯相信那是当年黄公望汲水煮茶的井。井很小，已被竹叶杂草拥塞，用竹棍探探，分明可以探下去。想象当年有人来这里探望黄公望，想象他们在筲箕泉边饮起茶来，饮茶间黄公望还把他尚未完成的《富春山居图》展开指指点点给朋友看，这么一想，眼前的景物顿时便活起来，中午不觉多喝了些杨梅烧酒。

想象中筲箕泉应该是小小的一掬，怎么会是井？井与溪水之间相隔最多一米，古人会这样的凿井吗？会在溪水的旁边再开一井吗？我想那口所谓的井就应该是"筲箕泉"。

黄公望的《富春山居图》是古典巨制，从小到大细细地临过几次，觉得《富春山居图》是写实，而不是四王的纸上山川笔墨符号。但如今要看富春山，我想也许还真要飞到天上去，航拍一样坐在飞机上朝下领略，领略这大好的——也许只能用国画来表现的山川胜景。

我甚至想，这地方还真是应该开一个直升机航班，可以低低地飞，只为让天下人在天上看一下美丽的富春山。

中陵古城漫记

　　年初去游了一趟郦道元《水经注》里注过的古中陵川水。原想那水不弱，洪洪然必定泛得柏木小舟，想不到去了，让人有几分失望，水很是细窄，潺潺地流，两岸高高低低长了些苇子，茂盛的倒是那叶子灰灰的一丛又一丛的沙棘。中陵川水从西南滚滚流来，不知流了几千万载，直把一个中陵古城冲去一个大角儿。中陵古城现在看来几乎是什么也没有了，只有高高隆起的几道坡样的"土塄"。这话怎么说？那土塄如若真是中陵古城的遗址，那遗址分明显示当年的城不小。站在中陵川水西边的遗址上，不免让人畅想，想象北魏年间的那些居民们怎样在这川水里洗那些布衣？怎样沐浴他们乌黑的长发和白皙的身子？想象那些古代的小伙子下河去摸鱼，鱼现在也有：半尺多长，白鳞，红腮，赤尾，还不少，"泼剌"一游，让人顿觉古老与现实的延续只在这生生不息的鱼身上。

想象当年，筑城之初多少有些荒唐，怎么不考虑这条到了夏季会暴涨的中陵川水？也许这中陵川水在漫长的历史进程中改过道？遥望中陵川水以东南的地方，分明隆隆然坟样高起，没有可能让河水在上边自由流淌的可能。上边现在长满了灰灰的沙棘，到了冬季，那边想必是一片油画样的红红黄黄。沙棘果再大也大不过那种"星月菩提子"，味道是酸之中有些微的甜。郦道元来的时候，沿着这水一直走到了它的源头？源头也并不远，不知他在这川水一带做了一次怎样的盘桓？夜里在城里住了几宿？一千多年前的古中陵城在夜晚又有些什么娱乐？想必郦道元也只是挑着油灯在泥屋里做了一夜笔记，或是早早要了热汤倾在铜盆里洗了脚睡了。中陵古城四周当年还有些什么村落、小镇、要塞？现在是什么也看不到了。只能凭想象，想象当年古城中也许会有极原始朴拙的小作坊，比如织布作坊，织那种用来做"褐"的粗毛布，"无衣无褐，何以卒岁"？"褐"是什么样子？没见过，不好说，想必是像宋代流行的"背子"，有袖，没领，比较长，前边不上扣子，天冷了把前襟一交叠，当然外边还要有条带子。我无端地觉得"褐"的颜色近似现在乡下人戴的那种棕色的毡帽。那时候是得有这样一个小作坊，连这样的一个小作坊都没有，那些守边的士兵——不单单是他们，还有北地的居民该怎么度过那漫长的冬天？有这样的作坊，便连带着要有小型染坊，便有了染料的问题，便要有人去采那种可以染衣的茜草，或用一些矿石粉染布。既要矿石，便要有石臼、碓，罗矿石粉的罗，煮染衣物的大陶釜，这么一想就生动起来，想必还要有做车轮的匠作，打铁器的铁作。夜里是否是一片漆黑？或者有官家点的照路的油灯？一个高高的粗木桩，上边放一个什么样的油灯碗，既要刮风刮不灭，又要不怕下雨。是否有专人负责上去定时添油？是否还有人去偷过那油？这也只是想象。但城里肯定是会有不少骆驼、马匹，有这些动物，便必定要在城里储存大量的草料，冬季北风一起，草屑与骆驼粪屑想必会漫天飞舞。这原是北方少数民族聚居地的一景。

想象中有许多东西，现实中却什么也没有。

从中陵川水的水边走到中陵古城的遗址，却想不到会看到那么多的灰陶片，几乎遍地都是，间杂在"彼黍离离"的黍地里。如果按西汉算，最晚那些陶片都有两千多岁了。每一残片都有两千多岁！美国的历史才多少年？真让人有些感慨。陶片做深灰色，两片在一起敲击，做叮叮然金属响。陶片上的纹饰有绳纹、三角纹、方格纹、方网纹、菱形纹，把捡来的陶器残片拢在一处看看，其纹饰计有十多种，便想如果编一本《中陵古城陶器纹饰图册》，也许真的会成册。在长满黍子的地里——过去的古城遗址里走，忽然就捡到了意想不到的那么大的一块残片，几几乎是半个残器，像是什么器物的底？上边密布小孔，像漏粉床子的漏子，想来完整的器形该有头盔那么大。同去的考古所的老张说这就是"甑"，古代用来蒸米黍炊饭的家具。远在渤海那边的日本古时吃蒸饭，也使用陶器。蒸饭需要一定的时间，而陶器却难以承受长时间的蒸煮，常常会陶胎崩裂，使饭里的土味太重，屑小的陶片混在米饭里吃起来会硌牙。想必古时古城里家家都要有这种灰陶的甑。当年是蒸黍米，还是蒸高粱，还是蒸谷？但有一点可以肯定是不会有白米蒸，虽有潺潺流水，但水稻种植肯定还不会推广到山西的最北部来。现在有，也不在中陵古城——即在右玉这一带。山西的水稻种植最北边也只在大同的南边寺儿村那边。山西出好大米，南方人却每每不信，他们想象山西是荒芜之地，殊不知晋祠大米抵得过上好的天津小站米。

中陵古城现在很荒凉，离开的时候，回过头去，想看看夕照里的遗址，心头忽然涌起"西风残照，汉家陵阙"的惆怅和那种凄绝的美感。

几个身着布衣的农民在并不如血的残阳里慢慢慢慢锄着他们的黍子——一种黏黏的可以用来吃糕的北方的一种米，不脱皮叫"黍"，脱了皮叫"黄米"。

小米虽然也黄，但只叫——小米。

两千年了，想不到这里还叫"中陵"，只不过以前叫"中陵城"，现在叫"中陵村"，村比城一下子小了许多，而想象的天地却分明由此而大了许多许多。忽然又想起了刘禹锡的那两句诗："人世几回伤往事，山形依旧枕寒流。"

桥上村

太行山山名之古意遥不可解，"太"可能是大的意思。知道"太行""王屋"二山之名还要从毛泽东的那篇著名的文章说起。太行山我不是没有来过，而是经常从太行山下仆仆而过，但就是没有机会深入。太行山实在是太大了，想一想，你还真不知道该从何处深入。这次来是春天，山上山下的树木上都是新绿。新绿的好处就是让眼睛看了舒服，是星星点点，而不是一大片。这让人想到国画里的碎笔，一笔一笔细密而好看，且不说看山势，就是看看这新绿也让人心生愉快。还有就是桃花，山桃花的颜色硬是要比别的地方的桃花来得深浓；还有梨花，车过壶关桥上村，山坡那边好一片梨花，白白的，又不好用雪来形容它——雪是净白，梨花的白里

113

边有淡淡的绿意，这便是春天的意思，如果单单像雪倒不好看了。夜宿桥上村，我住的那间西向小屋恰好对着山，躺在那里就能看到山亦是一种缘分，别人睡觉，我躺在那里看山，山下是几株大梧桐树，正在做花，是雪青的意思。雪青是白色与紫色的调和，梧桐花花萼深紫，到花瓣处却渐渐过渡到白，真是好看。那天夜里，忽然被什么弄醒了，睁开眼却明白是那一轮山月，就在对面的山顶上，把月光直洒进屋里来，山里的明月自然和城里的不一样，怎么不一样，且又不好言说，是明亮皎洁，像细细洗过，就是这四个字。

桥上村，顾名思义这个村子是与桥有关系的，那桥就在村子西边，三拱的大石桥，青石与青石之间以熟铁锭紧紧咬合。桥的历史并不长，只有二百多年。但美国的历史又有多少年！

夜里与朋友依在桥栏上听水，水从桥下"哗哗哗哗"流过，无端端地让人感动，感动什么，且又说不清，最美妙的感受便在说清说不清之间。顺着桥往西走，下桥再往南便是一条古老的小街，小街两边鳞鳞的都是小店铺，店铺开着，里边却没人，分明讲的是夜不闭户的古风。另一家店铺里的女主人在灯下择香椿，幼嫩的香椿芽做深紫色，且每一片叶子都油亮亮的，让人觉着春天的阳光已经长长久久地镀在了上边。女主人说可以为我们连夜腌制一些香椿芽以便我们带走。我问她香椿芽哪里的最好，她便指门外的山，是东山，随着她的手一看便不得了，竟看到了山顶上的一豆灯光。那么高的山，是什么人在上边住宿？女主人说住在那上边的也许是采药的河南人。女主人说别看那山高，过去的小脚老婆婆都能背着孙子从山上翻过，到山那边去看上党戏。听了这话，真是令人吃一惊，想想白天去红豆峡，在山上上上下下地不停走，简直像是洗过一次桑拿。从小店铺女主人那里出来，顺着石街再往东，听到了夜鸟的鸣叫，一声一声，叫声悠长清越如吹尺八。这一夜，这鸟叫便不离耳之左右，还有那"哗哗哗哗"的水声，被月光弄醒，便听这天籁。

托克托小记

　　托克托的明代旧城可真大，在旧城城墙上慢慢地走，分明觉得这旧城要比大同的城圈大许多，只是荒败了。不知为什么，人们不再在城里住，却都住到了城外。现在的托克托城在旧城的外边，站在托克托旧城城墙上，分明看得见北边浩浩荡荡的黄河。黄河一流过托克托就进入了中游，这一段水势似乎太平缓了，缓缓地流，水面看不出多少波涌。托克托古名叫"脱脱城"，而许多的人却把托克托叫"云中古城"。

　　托克托多枸杞，几乎到处都是，一丛丛，又一丛丛，一丛丛，又一丛丛，血珠子般的果实早已被人们摘掉。在这里，想找一棵拐杖粗细的枸杞做拐杖是一件容易事，在别处则不大可能。枸杞树树干做的拐杖轻而好

116

使，有弹性，不易折，而且它有专门的名称，叫"西王母杖"。

托克托城西边，也就是靠近黄河的地方，当然是在黄河的东岸，有一片大水，却叫南湖——明明在城之西却叫南湖，让人莫名其妙。湖中多大芦苇，左一丛，右一丛，划着小船在芦苇丛间穿行，让人想到白洋淀。

托克托自称是"古云中城"，大同也自称是"古云中城"，似乎有澄清的必要。其实托克托和大同都不是"古云中"。古云中在托克托的北边六十里地的地方，翻翻托克托县志就不难知道。好像是还有一个故事，说是建城之始，怎么也建不好，垒城墙，垒着垒着就"轰"地塌了，后来，是谁，记不清了，总之应该是一个重要人物，看到了天上的鸿鹄在云中飞，便说，应该在鸿鹄飞的地方建城啊，便建起了现在早已颓废了的古云中城，云中城也由此而得名。后来，三国的曹操废了这个城，把城里的民口人丁一下子都迁移到现在的忻州。曹操毕竟是曹操。

大同怎么会是"古云中城"呢？是谁先这么叫起来的？这段公案倒很难说清。到呼市，呼市竟也有人把自己的城市称之为"古云中城"。这真是怪事。我们的大同实实在在应该叫"云州"。大同的古城墙上也见枸杞，却远没托克托城的那么繁茂。

托克托古城又叫"东胜卫"，现在的城墙下还有那么一块碑。大同北郊区有个乡，叫东胜庄，据说，那里的人就是从古脱脱城迁过去的。多少年了，不知道他们还想念不想念他们的东胜卫。或许，他们早已不知道自己的祖上是托克托人？总之，大同和托克托有说不清的联系。

到了托克托，主人拿出酒来，说是他们的本地好酒，我当时竟吃一惊——因为酒瓶盖上"古云中"这三个字。行万里路读万卷书真是说得不错，不到托克托，怎么会知道真正的"云中城"在哪里？

从托克托携回一截枸杞树干，准备做一支杖，但要用上这支杖，恐怕还得几十年。就这一点，托克托也真是个好地方。

大同不是古云中，托克托也不是古云中，这倒让我更想去一趟天上有鸿鹄飞翔的古云中，明年吧，也许。

我漫游四方

我喜欢漫游四方。我自己也不明白自己为什么常常会急于离开自己熟悉的城市与温馨的巢穴而跑到完全陌生的地方去。陌生的地方总使我感动，无论是城市还是乡村。

当我第一次置身重庆码头时，心里充满了湿漉漉的喜悦和对竹子器具的好感。竹子无疑是世界上的好东西之一，无论它青青绿绿地生长在地上或是被人们砍斫下来编成躺椅睡榻，做成竹筒或食品店打醋打酱油的提把，它都是很美的。我在南方的许多人家看到随随便便的一根竹枝倒过来便成了一根很好的晾晒鞋帽的晾竿，真是喜欢极了。那竹枝上挂着的一只鞋子或一顶帽子简直就像一片又一片奇异的叶片。

陕西在我的印象中似乎是没有竹子的省份，但西安竟然拥有一个竹笆市。那条小街两旁堆满了各种黄黄绿绿的竹器，置身于那种地方，竹子的气息令我激动而温暖；当然还有草编，草编集中体现了女性柔曼美丽的想象。

那年在重庆，我冒着细雨像一条鱼一样在临江的街市上钻来钻去，我在菜市场漫长的宰杀鳝鱼的长阵前驻足。我不知从哪里来的那么多的鳝鱼像蛇一样在木盆里痛苦滑动，等待着人类的宰杀。我每到陌生的城市或乡村，最喜欢去的地方是集市，乡土气息和土产杂物总令我激动。比如说大牛铃，民间窑烧的黑釉钵，一沓又一沓木板印刷的纸钱和彩纸风车。我在重庆的市集上还看到了剔去了骨头被风干压平的猪头。那扁扁的猪头太像风筝，名字就叫"蝴蝶猪头"。我还看到了比书页还繁多的牛毛肚，一叠一叠一摞一摞摆在那里等待人们去用肠胃阅读。

四川是个好地方。

我在雨滑泥泞的小街旁的摊子里品尝四川火锅，雨丝一阵阵飘过来濡湿桌上的那只笨拙的老碗。北方人的眼睛让我对四川火锅的内容感到吃惊：带鱼、鸭肠、鱿鱼、毛肚、鸭血，种种的东西似乎无一不可涮而食之。

我为什么那么喜爱集市而不喜欢气派豪华的大商店？我为什么那么喜爱卖青菜鲜虾的小摊，而不喜欢现代电器？我为找不到答案而常常苦思冥想。我多么喜欢从成都青羊宫杜甫草堂出来的那条道上的临河茶馆！成群洁白的鸭子"呷呷呷呷"，把头不停地伸进水边的水草丛去寻食。那茶馆里的悠闲的茶客，那被风轻轻鼓荡的白布篷，那河里停着的一只孤独小船，那朝东走下去的被烟火熏得处处乌黑的高大宽敞的面食店，那捞面用的竹篾编的尖底漏勺，那整棵汆熟的青翠的菜。面盛在上着一半黑釉的碗里，青菜搭在面上，浇上红辣辣的卤，那印象真是很美。我在那爿小店里坐在粗黑的木凳子上细心吃着那碗面，望着河那边的茶棚和河里的鸭子，觉得那真是一份儿享受。那雨丝总是斜斜地飘过来，四周的一切都散发着南方的色彩与湿漉漉的气息，唯一使我苦恼的是我在四川整天闷在雨里却听不到隆隆的雷声。

在四川我一次次想起这支歌：

太阳出来（罗儿）喜洋洋（欧郎罗），

挑起扁担（郎郎扯光扯）上山冈（欧罗罗）。

……

不怕虎豹（郎郎扯光扯）和豺狼（欧罗罗）。

　　说起挑起担子上山冈，我就忘不了四川的峨嵋山。有些人在平地上走着还趔趔趄趄，另一些人却背着很重的条石和水泥穿过竹丛往山顶上爬。我常常弄不明白这里究竟包含了什么。想到爬山的人我不知道怎么就总想到峨嵋山脚下报国寺附近从农家后窗看到的芋田。大片大片呈三角形的芋叶在雨中发出了嘣嘣不绝的声音，它们在大地上生存有几万年了，但毫无变化，而人类的变化却很大！这就是人和动植物的区别吗？

　　我喜欢漫游四方，去看一些在屋子里永远看不到的东西。比如说那一尺多深的浮土，噗的每一步踩下去都深可没膝，那是在三门峡旁边，漫山遍野烧石灰的小窑把整座整座山无情地吞噬掉了。烧石灰的烟把远远近近变得一片迷蒙。在那种浮土里你简直找不到道路且时时觉得就要窒息，而右边就是滚滚滔滔的浑浊的黄河。

我认为世界上最伟大的是道路，任何建筑都无法匹比的也是道路。道路永远不仅仅只是一种技术成就。一条又一条宽宽窄窄的道路把人与人、城镇与城镇、乡村与乡村、湖泊与湖泊、山峦与山峦联结在一起。山上的道路尤其令我感动。

我爬峨嵋山的七里坡与十里坡时，一共歇了九次。当我看到抬滑竿的脚夫从我身边擦肩而过，真惊叹他们的脚掌、脚腕、小腿、膝关节、大腿、腰、背、膀子、胳膊、小臂、手，惊叹他们的心脏和肺是那么健康和坚毅。我想起了惠特曼响彻环宇的嘹亮的诗歌。惠特曼永远是我最喜爱的诗人，惠特曼在他的诗歌里以太阳般的普照给予几乎是一切人以爱，他的《大路之歌》写得多么好：

　　我轻松愉快地走上大路，
　　我健康，我自由，整个世界展开在我面前，
　　漫长的黄土道路
　　引我去想去的地方。

从此我不再希求幸福，我自己便是幸福，

从此我不再啜泣，不再踌躇，也不再求什么。

消除了家中的嗔怨，放下了书本，停止了苛
酷的非难，

我强壮而满足地走在大路上。

地球，有了它就够了。

……

我踏着道路远别了一些城镇又亲近了另一些城镇，
我就是那么行走着。因为漫游，常常有些动人的画面或
奇迹会突然在你面前出现。比如说九一年我看到了那么
一大片向日葵的海洋，汽车行驶了近两个小时还没开出
那片"向日葵"！那真令人感动了，那简直是人类对地球
许下的一个伟大的诺言。翻译家张守仁先生据此写下了
一篇《向日葵》，其中有这么一段：

百里向日葵金色的花盘向着东方，阳光迎面
扑来，那么辉煌，那么热烈，那么齐整。一大片

124

一大片金黄的向日葵由近及远、高高低低渐次展开，一直延伸到地平线的尽头，并沿着不高的丘陵向上、向上，溶入碧蓝的天空，把大地连成一个和谐的整体。

那是一条道路引导我们进入的奇境，我写了一篇散文，题名为《奔跑的向日葵》，我的感动在于在那一刹间想到了孤独：

我想，向日葵如果会行走会奔跑，那么，那些孤孤单单站立在庭院角落的向日葵们一定会朝这片向日葵奔跑过来，去加入那气势非凡的向日葵海洋……

黄色永远是我非常喜欢的颜色，我常喜欢黄色的鲜花。

我喜欢在案头插一束黄色的雏菊，它使我觉得安定温暖。雏菊在我们那里叫"金盏盏"，温馨而俗气的名字。

俗到恰到好处有时就会变为优雅。

除了黄色的向日葵，令我深深感动而多少又觉得有些伤感的是开花幽蓝的胡麻。北方有首民歌里有这样一句：

　　胡麻麻开花顶顶蓝，
　　瞭妹妹瞭得我两眼眼酸

胡麻的那种蓝真是难以言喻，不亮丽，也不晦暗，一大片一大片由远及近地波动着，乡野是那么静寂，远山一片起伏。天上云朵，地上的胡麻花，叫蚂蚱的鸣叫远远近近提示着寂寞。我常常站在海样的胡麻地边觉得自己莫名其妙地激动和压抑，怎么也说不清。看到胡麻花我总想到男低音压抑的合唱，这是胡麻花给予我的感受。

大片的金黄的向日葵则让人轻松愉快。

八九年，我在江苏东辛那个地方的一堆腐朽的烂草堆上看到过那么美丽的一朵鸢尾花——蓝蓝的，花瓣像蝴蝶一样张着，像要飞起来。我一时间弄不清是它特意开给我看，还是我从几千里之遥的山西来此就是为了与它相会？

一年四季，我喜欢春夏秋三季漫游四方。冬天是许多动物穴居冬眠的时候，我也遵循古谣语的"秋收冬藏"的精神在冬季很少远足。冬季是我思维最活跃不安的时期，我在我四层楼上的屋子里常常遥望覆雪的东山，总是不由自主地想到印度的古诗《腊玛延那　玛哈帕拉达》：

一见那耸立的山巅

不禁就有出世之念

人间的荣华情欲不再烦扰纯洁的心房

雪山上新鲜寒冷的空气真是令人觉得十分愉

快清朗！

我漫游四方，是想要把离我最远的东西与我的心紧紧联在一起，看那些距我遥远的人们怎么生活。黄河两岸的村庄是我愿去看的地方。八八年，我又一次沿着黄河走了近一个月，那是六月，春节时贴在村落门墙上的对联已经失掉了颜色，但有一张斗方上的字让我突然明白了什么是朴质：

万物土中生

人勤地献宝

在黄河边的那个古老的小镇子上，我挤在人群里看戏的时候，连一句唱词都没听懂却为之感动了。河流、树木、土窑和湛蓝的天空，林立的庄稼和一张张的人脸还有台上古装的美人。我记忆中那里的小庙充满了浪漫色彩，小庙里供的尊神竟然是《西游记》中的主人公孙悟空先生。我还喜欢那里新鲜的黄瓜和西红柿，虽然一律落上了薄薄的黄土尘。

在顺着黄河往南走的日子里，我在黄河西岸的坡上和几只山羊同时争着吃过树上紫黑色多汁的桑葚，把嘴唇都染黑了。山羊站起来，两只前蹄搭在苍老的桑树上。羊像人一样站立，我是那次才看到的，我就想，如果大地上没了草，所有的东西都长在树上，那么，羊一定会像人一样行走或舞蹈。

我在山坡上背着简易的行囊，里边是一本袖珍地图册，两件砖灰色衬衣，几条短裤。我在中国最伟大的河之一的黄河边行走，我在河曲那个地方第一次赤身裸体跳下黄河时心里真是虔诚极了。河水从我身上脉脉流过，我觉得自己又被生育了一次。

　　大地上的河流众多，北方叫河，南方叫江；但能让人觉得神圣的却只有那么几条。翻翻地图，东北的河流有着那么美丽的名字：松花江、鸭绿江、牡丹江、黑龙江。我多么想写一本河流与山川的书。当众多的人赞美壶口瀑布时我觉得悲哀，我心中的黄河永远是禹门口处的浩浩荡荡，每一个巨大的漩涡，每一个壮观的涌流，都是那么慢慢而从容地流转。

　　黄河上的船夫的沉静是惊人的。黄河上行船有时船尾在前、船头在后，有时船则横过来飘荡。无论船怎么行驶或在浪上颠簸，船上的那只小铁皮炉上熬着的小米稀粥都安详地滚沸着。这真是一种奇迹。在这个世界上，我不知道的事情太多了，又是河流，又是木船，又是火，又是人体不停地扭动。那太阳晒过的结实的肉体赤裸着，每一划动船桨，身上的肌肉便做最美丽的伸张收缩。从完美的指尖到结实的小臂到浑圆的肩膀到坚毅的胸肌，然后再传到柔软而有力的腹部背部，然后是美丽的大腿有力地屈起然后又随着身子朝后仰而朝前蹬直，脚趾的用力蹬开与收缩在那一刹间也显出一种力的美好。因为运动，那肌肉皮肤随着紧张而绷硬闪出动人的光泽。如果世界上有美的话，首先应该是青春而壮健的躯体！

我就那样只身坐船从螅蜊镇到了碛口，沿着我五年前的故道。那时我们是五个人，现在我是只身一人。没有人在一起说话，思想便多了起来。我随身带着惠特曼的《草叶集》，还有从螅蜊镇麦场上拿来的一束麦芒整齐的麦子。

那次顺河旅游，我明白了人是世界上一切一切的中心。麦子、胡麻、窑房、树林、木船、桑树、羊儿、石磨之间都毫无关联，穿结这一切的是人。没有那划船的船夫，河上便没了那万种风情，没有人，地球将"万古洪荒"！有了人，我们的四周变得美丽起来也百倍地丑恶起来。我在螅蜊镇靠河的一间小客楼里的暗淡的灯光下听着千古不息的黄河流水声，心里十分清晰地想透了这一点。

在黄河西岸，我特别留意不错过每一座小庙，哪怕比立柜还小的小庙龛我也要探头进去看看。许多的庙都坍塌陈旧了，但壁画上的竹叶、莲花、云气还婉转着几百年历史的柔曼，向人诉说着和平的宗教情绪。我看了一幅又一幅残破的壁画，突然醒悟了——不但是文学，包括整个艺术门类，古典主义所追寻的不是现实而是理想。

我们今天追寻什么？

当你站在壁立千仞的晋陕峡谷上看一脉黄河荡荡流淌，然后你再面对一块石头看两队蚁群纷争，你不妨据此考察一下自己的心理感受。

我从一个小庙走到另一个小庙，我想知道的一个问题是，我们为什么不去研究一下宗教为什么会像磁铁一样在尘世中吸附了那么多生命的铁砂？我们的文学应该汲取什么从而使自己成为全人类的宝藏？

我永远忘不了我端坐在韩城北边的一个村落的一株孤独的大树下，时间是六月二十八日。我遥望远处起伏的群山，山上有一片片的淡绿和一片片的深绿还有一片片裸呈的石头的颜色。群山上是层层的云彩，云层是越远越暗越黑，越离我近的越白，像巨大涌动的棉花山。我的耳际是从我背后徐徐而来的风。我就那么端坐着，泪水无端洒落不止。我周围没有一个人，再远处也没有一个人。没人知道我端坐树下苦思冥想，我也无法知道那重重叠叠的群山上的人们在做什么和想什么。在我端坐的同时世界上在发生着什么？我那一刹间忽然很想拉拉陌生人的手，忽然想亲吻一个陌生人，不管他是男的还是女的。

那天我离开了那株老树，我把一枚五分硬币深深地投入了老树的令人悲伤的三指宽的深深缝隙里作为永久的纪念。我不知多少年后人们才会发现那枚硬币。也许它将在树的缝隙中锈蚀掉。那天，我走到很晚才找到了一户人家。那是间朝着北方的小房子，我想冬天来临的时候，这间小房怎么能受得了呼啸的北风？我推开那间小屋的门，屋主只有一个老人。那条炕也真小。我喝了水，老人问我吃了没。我说没吃。老人说，也没什么吃的，说你吃不吃豆角。我说吃。老人就拿着瓢出去了，很快摘回了一瓢豆角。那一夜我吃了有生以来最美的豆角，那么嫩，那么鲜美，白水煮熟加一点盐，放在那么大的一只笨碗里。我一根一根吃着豆角，忽然听到了外边的脚步声。我说有人来了，老人笑笑说是下雨了。我怎么听也是人的由远而近的脚步声，但我走出去却发现真是在下雨！天亮后，我才发现我已经实实在在走进了一个村庄，这个村庄只有六户人家。这个村子叫"六铺头"。这是一个忘记了钥匙与岁月的小村。我一下子想起了山西最北端的另一个小得不能再小的村子十三边。

我走遍了那六户人家的窑屋，我对每一个屋檐下的人说话的时候他们都默然不语淳朴地笑着，好像听懂了，好像永远也没听懂。这个村子有八位上了五十的老人，有七个九岁的孩子，十八条牛，二十三条狗，两头驴，还有猪、鸡、猫，当然还有更多的谷子、粟子、玉米和其他植物。有一个很肥胖的老女人，穿着像背心一样用红布做的衣服，两只硕大的奶子呈露着，她是村里岁数最大的长者。她坐在她自己屋子外的一块古旧的碾石上跟我说话，笑着听我说话，好像听懂了，好像永远没有听懂，茫然的目光令我茫然。但她突然抬起手捂着脸哭起来，倾诉她的儿子已经四十一岁尚未婚娶的事实。我看到老女人耳上戴着一只古式石榴形翡翠耳坠。谁能想象她当年的青春与美丽？

我远离了那个村子时又回过头去看它，它畏缩在那个大山的缝隙里。他们和她们为什么不从那贫瘠的地方走下来？为什么？是什么把他们紧紧黏附在那里苦度岁月？

人非树，为什么他们不奔走？

他们对世事不闻不问，吃新鲜的粮食饮不遭污染的水，摘鲜嫩的豆角为食，讲古老的故事，与想象中的神祇们用香火对话。我们又比他们优越在哪里？百般经营用尽机巧而获得幸福，与自然质朴艰苦度日有什么区别？

唱着歌了此一生与哭泣了此一生又有何区别？在生命的尽头人与人有什么不同？有子女与无子女有什么不同？有性爱与无性爱有什么不同？知道天下大事与不知道天下大事有什么不同？相信神祇与不相信神祇有什么不同？

每个人的生命无疑都是一段历程，但其中的区别是伟大的人对世界施加影响，普通的人与草木同腐。

我背着猪皮行囊漫游四方，一路上我像检点财产一样检点自己的种种想法，我在漫游中发现了我性格中残酷的地方。比如说，我喜欢陵墓——荒凉的所在。

茂陵，在猎猎的谷黍地的尽头隆起它孤寂的山包样的奇迹，一下子令我感动了。为什么成功，永远说不清。始皇陵倒不令我感动，因为不荒凉，上边长满了石榴树，结满了碗大的石榴。我在那上边买过一只小碗大的石榴，一只就重达一斤二两！我一粒一粒剥食它珠光宝气的籽粒，慢慢走下始皇陵回头一顾，始皇陵太像是集市。我喜欢的荒凉与沉静又在哪里？乾陵也太热闹了一些，树木也太葱郁了一些，高大的岩石雕像下坐满了兜售布老虎五毒坎肩的女人；而茂陵却没这些。茂陵很荒凉，站在茂陵上可以看见四周小山般隆起的一座又一座墓。李夫人墓就在其侧。我为什么喜欢那一份儿荒凉？比如圆明园，那残破的石柱子高高地升向空中，那雕花的石头诉说过去的繁华，那衰草、那残石、那夕阳……一切都令我感动。当我看到用七彩灯照亮的圆明园残石的照片时，我深深为那些艺术领域的庸俗之辈们感到悲哀。我的故乡晋北大同北面的方山上有北魏孝文帝的陵墓，其气势比茂陵还大，是把十几座山头削平，削去的部分石头分做五堆堆在了南边的山麓上，远远望去，那就是五个山头！五堆巨石让人想到当年花去的人工。那陵墓上圆下方高高隆起，离四十里远就可以望到！现在却是那么的荒凉，那么的没有人烟。

繁华加透彻到底的荒凉等于什么？谁来回答？

古墓犁为田，
古柏摧为薪。

这是谁的诗句？

昼短苦夜长，
何不秉烛游。

这又是谁的诗句？

陕西的那分苍苍茫茫的历史真让人领略不尽。历史深处透来的悲凉与惆怅是否能促人成熟或变得豁达？

我在圆明园大水法的残石上坐着，看到了一条美丽的小蛇倏然没入石缝里，然后我开始剥食从路上买来的莲蓬。我想的一个问题是，圆明园到底留给了人们什么？

古巴比伦更加辉煌的城池的倾颓，雅典娜神庙更辉煌的残破都说明了什么？

九〇年我携妻女去了北戴河，那不再是一次寂寞的行动，但它无疑是我漫游四方的一部分。我奇怪大海并不使我幡然心动。

海给我更多的是恐惧与未知。当我站在海岸上，看黑沉沉的大海里巨大的波浪像移动的山一样从海的深处慢慢移来，凸起凹下，最终激溅起最有气势的浪，我为什么不会感到撼心的激动？我终于明白了，令我激动的永远是各种泥土和岩石。我喜欢探讨瓦砾和陶片，远山、土窑、石磨和一眼又一眼永远汲不尽的井。

令我感动的永远是与人有关的事物。我喜欢在街市上看陌生的脸，男人的、女人的，年轻的、老年的。我喜欢夏天是因为夏天人们能更裸露自己，更少遮拦。我喜欢结实的胳膊的挥动，有力的五指的伸张，粗壮的大腿的跃起。我喜欢漂亮的面孔。年轻漂亮的面孔永远无疑是最美的图画，无论是姑娘的还是小伙子的。

我的面前永远站立的将是人，我知道我漫游的结果都将要归结到人。海里千奇百怪的鱼群不会令我惊叹。我知道珍珠是大海灿烂的产品之一，我想即使有鸵鸟蛋大的珍珠摆在我的面前我也不会激动。那大海里无数的珍珠与那六户人家孰轻孰重？

　　我想世界上最大的奇迹应该是人自身。眼睛、耳朵、鼻子、头发、眉毛，眼睛的眨动、心脏的搏动，男性的侵略性的身体、女性的孕育万物的身体，这都是多么奇妙的设计；人身上有多少奇迹啊，指甲、指纹。人类自诩发现了这样的奇迹那样的奇迹，但人类是否清晰地认识到自己的身体乃是最大的奇迹？唾液、汗液、眼泪、乳液都是这奇迹的派生。有限的大脑装载了无限的世界，这不是奇迹吗？人应该深深地热爱自己，人比任何精密仪器都精密，比任何娇贵的东西都娇贵。人应该热爱自己。

　　那次我与妻子和女儿从北戴河回来又去了承德，在承德避暑山庄的蒙古包里住了四天。那里的住宿费贵得怕人，一夜一张床榻要一百五十元！外边的世界酷热难当，蒙古包里却清凉得有些过火。结果我感冒了。我带着女儿夜里拨开露水濡湿的草丛去捉蛐蛐，在金山寺的小桥上看了婀娜的荷花，在沧浪屿又看了我相别五年后的睡莲——那一大丛睡莲的叶子长得十分旺，每一片莲叶都十分漂亮。后来我想带女儿去观莲所看荷花却终难如愿。观莲所的荷花是避暑山庄最美的荷花，荷花长得比人还高。从承德回来，我和女儿与妻子又去了梅兰芳故居、郭沫若故居、鲁迅故居、宋庆龄故居、茅盾故居。令我深深感动的是鲁迅先生的"老虎尾巴"。我这次去的时候发现上次还在的枣树不见了，向馆员一打听，才知道是因为扩建工程给砍了，只剩下一株鲁迅先生手植的黄刺梅。那年我去老虎尾巴，还看见后院长着三株枝杈遒劲的枣树，我去枣树西边的厕所，发现有枣树的幼苗在厕所的地上钻了出来。为什么把枣树砍了呢？我觉得遗憾，深深的遗憾。

梅兰芳先生的故居格局是三进，种着苹果树和柿子树，这叫作"事事平安"。郭沫若故居有着两大株海棠和两大丛比人都高的牡丹，牡丹南边是玉簪花，这叫作"玉堂富贵"。茅盾的院子普通极了。前院种着葡萄，守院的老人好像是从乡下来的，拿钥匙开门让我进去。我看了茅盾先生的工作间与卧室，还看了茅盾先生逝世之前所读的书。记得有一本翻开的线装《两当轩集》。我注意到了茅盾先生的那张铁栏床，床头上系着不少粗粗细细的绳子。那些绳子好像应该随手丢掉，先生却理了理系在了那里。我想先生是为了不浪费和方便，比如捆书，随手抽一根用就是了。那些长长短短粗粗细细的绳头儿，要在别人早就扔掉了，先生却把它们系在床栏上。郭沫若的故居处处充满了堂皇的气势。大写字台上的各种小摆设让人觉得富有情趣而浪漫，有鸡蛋样大的透明的彩石球；还有一个好像应该是非洲的陶偶，是个女的，有很高的乳，叉着腿朝天躺着，手也伸着。我想那可能是非洲性崇拜的陶偶。这只是猜想。书桌很大，堆满了书籍，但这张书桌远没有他与夫人于力群写字的那张书案大。那张书案比乒乓球案还大！那间屋里的门墙高处悬着毛泽东手书的《西江月·井冈山》。

梅兰芳先生的故居悬挂的三幅画真是非同小可。一幅是徐悲鸿先生为梅先生画的《天女散花图》，一幅是张大千画的《赏竹图》，一幅是白石老人的花卉。三幅画提示了当年这些艺术大师们的交往与相互砥砺。茅盾先生的客厅里挂着的是一幅油画，很大的尺幅，上边画着跳舞的人，很有印象派的味道，不知出于何人之手。鲁迅先生的老虎尾巴里却挂着大小如课本的一幅木刻。

让我感到亲切的还是鲁迅先生的故居。我经赵女士的许可，轻轻走进了老虎尾巴。摸摸先生的桌子，摸摸先生的盆架，在先生的用木条凳支起的木板床上坐了坐。床很硬，用力下去，床板就颤起来。

宋庆龄的故居对我没有多大的吸引力，我只记住了那屋子里历久不散的香气。我想可能是很高级的香水，年月久远，那香味已经完全渗透到家具里去了。我去的时候，宋庆龄先生已逝去七年，七年的时光那香气还郁郁未散！令我忘不掉的还有那瓶酒。宋庆龄先生上大学时她的母亲送她一瓶酒，她一直没舍得喝，就那么珍存着，原封不动地珍存着，珍存了当年的芬芳与琥珀般的色泽。

我坐在鲁迅先生老虎尾巴的床板上时，我由不得想，北京的冬季那么冷，先生在偌大的北窗之下怎么能不冷呢？

我一直想以自己参观各种故居得来的印象写一篇大一点的散文，题目已经想好了，就叫《老宅》。但一直没有动笔去写。我总在想，我该在这篇散文里写些什么？这么一想，写作的欲望就没了。写作太像是恋爱。恋爱是盲目的、火炽的，甚少考虑的，几乎完全是生命与生理的冲动。写作也如此。

　　我去延安，看了绿色屏风般的凤凰山，然后去了毛泽东的故居。我留意到，毛泽东的故居一进门有几个台阶，要走上去。而相距非远的朱德故居的门口也有那么几个台阶，却要走下去。这之间有何区别？地形差不多，但为什么一上一下呢？

　　我常常爱想这些离奇古怪的问题，所以我的文章有琐屑的倾向，不能从大的方面给人以力量。别人在扭转乾坤，而我则只能运石移土。比如说，我在黄河边上见到了当年给毛主席过黄河摆过船的水手之一。他说在毛主席过黄河之前已经连着过了三天的人。时值春天，船达不到岸，任何人都只得蹚一段水上岸；而那天奇迹出现了，也没下雨，那天的船却突然靠到了岸上！这很令那些船夫吃惊，因为这是极少有的事情。过了好久，他们才知道那天坐船的是毛泽东。这故事有一种神秘感。我喜欢听这些故事的兴趣至今不衰。我为什么从没去想过毛泽东在延安都写了哪些文章？为什么却愿去知道他的这些琐屑的传闻？这包括他故居里的那把大铁皮壶。我隔窗看着壶就想象毛泽东怎样把壶朝前倾斜慢慢往缸子里注水。

我明白我更关心更感兴趣的是人。我在鲁迅先生故居里想的更多的是鲁迅先生怎样在院子里种带刺的植物，怎样待客，怎样在雨天打着布伞去开门接收当天的信件，怎样抽烟，怎样呷茶，下雪的日子里鲁迅先生怎样在窗缝上糊纸条。

对人本身的感兴趣在我来说根深蒂固。比如说我在著名的云冈石窟六窟佛本生浮雕前伫立，所想到的是释迦牟尼怎么出生，是类似剖腹产？手术为什么会开在胁下，现在的剖腹产是在什么部位开口？释迦牟尼的母亲可能是用类似剖腹产的形式产下了释迦牟尼。一个星期后他的母亲摩耶夫人离开人世，是否是伤口感染导致的？

我所想与别人有什么不同？这不同造就了什么？是

否由于这一点我的东西才没有哲学的高度？我为什么那么喜欢接近人，我放弃了家里的浴盆而去公共浴池，为什么？我真是喜欢看那健康的躯体在水花里辗转擦拭伸臂弯腰。其中是否有更深的意味？我明白我永远不会遗世而独立。

鹰、老虎、狮子、猞猁、豹子，在林莽里过着几乎是独立的生活，但我更愿自己是一群鸟中的一只。聂鲁达的一首诗里这样写道：

一条影子的河流在奔腾

一颗彗星

由无数小心脏组成

每当我看到成群的数不清的小鸟在空中或高或低或旋转或升起地翻飞，我就想到这几句诗。我宁愿自己是那无数小心脏中的一颗！

我漫游四方是为了什么？我喜欢漫游四方。

为了看更多陌生的脸？接触更多陌生的手？愿和陌生的人在邂逅的小客店里说些陌生的话题？

我四处漫游，看形形色色的人，终于不明白是该自自然然做个普通人，还是应该不自自然然做个精神上苦修的人。自然中人与理想的人格总是充满了水火样的冲突，要自然就不能成为圣徒，想成为圣徒就不能自然地活着。那么，我想庄子说得有理：

　　　　泽雉十步一啄，百步一饮，不蕲畜乎樊中。

　　神虽王，不善也。

　　这句话让我明白了许多。一句话能给予人那么多真是令人惊奇！庄子真是伟大的哲人。

　　人的生活方式再过一千年也可能是日出而作，日入而息，白天万般奔走，到晚上单调如一地总要躺在床上。人在青年时期万般奔走漫游，到了老年总会静静地待在那里。人从自然中走来，又走向精神世界，从精神世界又走向何处？

　　到了晚年，当我两足蹉跎，那时我将急于离开的是什么？什么陌生的地方还能使我感动？到那时是否会发现无限广阔的乃是精神世界？到那时是否会发生无可奈何的浩叹：

精神是个好地方！

不！世界上不可能有什么东西比漫游四方更令人怦然心动，没有什么比漫游四方更美好！

菏泽印象

从河南一进到山东便有了新的感觉。

一踏上山东的土地，就突然想到山东的大馒头和韭菜篓子。山东馒头之好是出了名的，连周作人都在文章里写到山东的大馒头。山东的大馒头又大又结实。馒头其实和面包差不多，如果说有区别，那就是馒头来得更加本色一些，如果是新麦，那馒头就会更香。作为一个中国人，我好像还是爱吃馒头。一个馒头加一块白腐乳再来一碗小米粥其实就是一顿很好的早餐。山东还有一样食物就是韭菜篓子，其实就是包子，但比包子要高要大，里边的馅子纯是春韭。和山东韭菜篓子可以相比的是扬州荸荠形的翡翠包，都素净好吃。吃山东的韭菜篓子最好是春韭刚刚下来的时候，秋天的韭菜谁还要吃它。六月的韭都会臭死狗，更不用说八月九月的。

菏泽古称曹州，据说是因为菏泽到处是沼泽后来便更名为菏泽。还有一种说法是，解放前国民党破堤放水，曹州一带变成了泽国因此得名。但我还是喜欢曹州这个名字，菏泽这两个字有些费解。曾经有外国留学生问我菏泽是不是一个开满了荷花的地方，这倒是一种很有诗意的理解，从字面上看似有这么一种误导。荷花又名芙蓉，毛泽东有诗句曰"芙蓉国里尽朝晖"，就意境而言该有多么浪漫，应该说湖南才是开满荷花的地方。菏泽最出名的还是牡丹，不到菏泽，简直就不会想到偌大一个古老的城市，居然要靠国色天香的花卉来做由头——如果没有牡丹，谁还会千里迢迢赶到菏泽东张西望？在菏泽，光是以牡丹为名的宾馆就有好几家。

菏泽给我的印象好像到处都是牡丹田，时值深秋，牡丹花当然看不到，牡丹的叶子也已经开始黄落。牡丹田里当然不会有游人，但是秋天移植牡丹却正是时候，所以九月和十月间来菏泽的人也还不少。到了菏泽，一片连一片的牡丹田让我想起郑板桥的诗来："千家养女先教曲，十里栽花算种田。"因为手头一时找不到《郑板桥集》，好像是这么两句。当年在山西晋中玄中寺看明季牡丹，简直是给吓了一跳，净土宗祖庭的玄中寺里的牡丹有多么高！真是肯长，一直长到佛殿的檐头。花开若碗大，风一吹，花瓣飘飘，每一朵花瓣几乎都有半个巴掌大。有老太太在那里弯腰捡牡丹飘落的花瓣，据说是捡回去用面托了煎熟了吃，有特殊的清香，是最好的素馔。同样是山西，太谷天宁寺的明代牡丹就矮小，种在寺院北边方丈室的窗下，几百年来始终不肯长过窗台。据菏泽花农说，越是名品的牡丹越生长得缓慢，虽是植物，却骄矜得很，有时候一年只会开一朵花，到了明年再看，还是只著一花。有这样的脾气，难怪惹武则天不高兴——又难怪让人喜欢。

傍晚时分，夜雾渐起，我们去了花田，掘了三株牡丹名品。一株是"昆山月光"，想必花开是白的，一问，果然如此。一株是肉芙蓉，名字真是俗到十分，而且有那么一点肉感在里边，但据花农说此花开起来却漂亮得了不得。唐代的杨玉环何尝不是这样，漂亮的事物总是包含了一定成分的俗，如果连一点点俗都不肯有，雅俗共赏便不成立。另一株是曹州红，是新培养出来的品种，花开正红，据说一点点都不肯让著花如火的石榴。我有一点点不敢相信，能有那么红吗？

菏泽的牡丹，好像都不肯往高了长，问了问随在后边满身露水的花农，花农说"要是长成大树就不是牡丹花了"。这倒有些道理在里边。因为是深秋，虽然看不到花却不能不让人想象花开时的景象。谷雨三朝看牡丹，那时节菏泽定然是一片花海，但游人也一定更多。我生性不喜欢人多，宁肯一个人静静对着一丛花。

想喝牡丹茶，却没有。晚上在牡丹宾馆的餐厅里就餐，菜肴一道道端上来都干净相，其中有一道小菜说来简单，就是水芹取中段，蘸了橙子酱吃，真是爽口，而且味道也特殊。在牡丹宾馆的晚上，随便翻书看，忽然觉着应该有一本曹州县志才好——每到一地都想看看本地的县志，这毛病怎么也改不掉。外边秋风又起了。想想玄中寺的牡丹，四百年来长那样高，要是拍卖，真不知会弄出个什么天价。这么一想，忽然觉得有些对牡丹不恭敬，便赶忙关灯睡觉。闭着眼睛，却满脑子里都是盛开的牡丹。

第三辑　民间的香

民间的香

　　读张爱玲小说，感觉她是喜欢沉香的，要不怎么会有《沉香屑·第二炉香》这篇小说。说实话，这篇小说我不怎么喜欢，如说喜欢，也仅限于这个题目，沉香毕竟是好，闻过的人很少说不好，说不好的人也许闻到的根本就不是真沉香。丰子恺太喜欢焚香，有一阵子是见了篆香炉就买，如他自己所说是"一共买了八九只之多"。又如他自己所说："眼睛看不到篆缕，鼻子闻不到香气，我的笔就提不起来。"丰子恺先生那时候烧的主要是檀香，一般的中药铺里都有卖。现在的中药铺也有，但如真想买我以为最好是去同仁堂。檀香和做家具的紫檀是两回事，紫檀只有木头的味道，没什么香气。说到香，柏木也香，吃蒸饺，在笼

153

里铺一层柏叶，味道很是别致；但这柏叶最好是蒸过再用，如用新鲜的柏叶味道就怕太冲。二○○四年，我在一个考古现场，是明代固原总兵的墓，发掘的时候，工人们用镐不小心碰到了棺材，周围的人都猛地闻到了柏木的清香，那可真是香。关于柏木的香，记忆深刻的还有一次是在陕西黄陵。黄陵在桥山，桥山满山上都是老粗老粗的柏树，黄帝陵的祭殿全用柏木修建，人进去，满鼻子就都是柏木的清香，根本就用不着再烧什么这香那香。当然，柏木再香也无法和沉香比，但在民间，现在想买到货真价实的柏木香还不那么容易，号称柏木香的，也许里边只掺一点点柏木。那一次去黄帝陵，还没进门，就有人赶上来卖香，还说："进门烧香，子孙满堂。"这句话时至今日已经是个让人高兴不起来的笑话！从黄帝陵出来，又一黄衣僧人抢赶一步过来，拦住我们其中的一个人，开口就说："印堂发红，拜佛成功！"真不知他要做什么！真不知佛在什么地方！直想打他一顿！但黄陵的香还是好，比别处的要好，桥山上到处都是柏树，那香应该好。不到桥山，很难让人理解什么是"柏森

154

森"。杜甫有诗句云"锦官城外柏森森",我想他如果到了黄陵,一定不会再说锦官城外的那点事。松树和柏树,从颜色到风吹过发出的声响,都森森然。国画家画松柏,用笔设色均应该从"森森然"这三个字出发。钱松岩善画松,他笔下的松是森森然。

我小时候,父亲从外边拿回来一包看上去已经十分糟朽的木头,颜色发黄一如土沉,父亲说放衣箱里可以防虫。那木头很香,至今我想不来那应该是什么香木,土沉按理说不香,奇楠能让人闻到香味却不应该是那个样子。那之后,没再见过那种香木。中国人,对香不应该陌生,若说香是文化的话,这文化应该是无处不在。既是物质的,又是精神的。家里味道不好,点一支卫生香除除秽气,这香是物质的;清明去先祖墓上扫拜,焚香烧纸,那香便应该是精神的。《金瓶梅》一书写厨房里煮猪头,点了一支香,这支香还没点完,猪头已经大烂。这支香便是计时的意思,是钟表,会冒烟的钟表。过去戏班学戏,师傅点一支香,让徒弟头朝下倒立,什么时候香点完,什么时再下来——把腿放下来。这也是计时的意思。一支香点多长时间，不好说。那一年在太谷天宁寺看妙忠老和尚烧四方高香，天黑后点上，第二天早上还在袅袅然，可真是耐烧！中国人说烧香就是烧香，没什么"香道""香文化"这一说。眼下什么都要"文化"那么一"文化"，"道"那么一"道"，真让人不耐烦。在中国，从古到今，各种的香在那里烧了几千年，从各种的香草到贵比黄金的沉香奇楠，样样都烧，样样都烧在文化的记忆深处，而从最初的"除臭去湿"发展到现在精神意义上的一招一式，好让人不耐烦也，真是闲人有闲工夫！直到现在，我经常会点那么一点点沉香，打灰、烧炭、加隔片、闻香，既要闻这香，好像也只能这样，最简单的一种方法是把檀香粉沉香粉叠加上烧，也一样地让人闻香而喜悦；但我近来更喜欢世奇小弟送我的一具最普通不过的白瓷电香炉，就放在电脑旁边，我写作的时候，放一点点沉香屑在里边，香是隔一会儿来那么一下，隔一会儿来那么一下子，更妙，更让人喜悦，夜深一个人，那香才显得更好，才让人更理解丰子恺先生。

　　我个人的喝茶和闻香要诀只两个字：简单。有人说闻香是结果，过程才是意义，我至今不得其要领，也不愿得其要领，予生也劣，顽固如此。比如我们现在的夏天，晚上，点一根艾草，既熏蚊子也闻香，我以为这便也是香道，民间的香道，难道不是吗？

玻璃乐器

有一种玩具，只有过年的时候才会有人拿出来卖，是玻璃吹制的喇叭，说是喇叭，却封着口，放在嘴里轻轻一吹，"咯叭咯叭——叭！"脆亮好听，但好景绝不会长，吹着吹着——"叭"碎了！

现在已经看不到这种玩具了，好像是也没人再做，会这种手艺的人大同不知道还有没有？如失传，也真可惜。大同人把这种玻璃玩具叫作"琉璃咯嘣儿"。古人把彩色玻璃叫作琉璃，把透明的玻璃叫作玻璃，成语"光怪陆离"，其中的"陆离"二字就是指琉璃，"光怪陆离"的意思就是五光十色奇形怪状。大诗人屈原的冠上就镶有"陆离"，他在他的代表作《离骚》中还专门写到。"陆离"在当时远远要比金银珠宝贵重，为其难得也。玻璃从域外传来，汉代在中国本土已有生产，北魏时期的琉璃制品远远要珍贵于金银器，但大多都从两河流域进口过来。常见北魏墓出土琉璃残片，真是薄，真是漂亮，在日光下看之，闪烁一如珍珠，真是华美异常无可比方！大同把玻璃喇叭称作"琉璃咯嘣儿"，可见其历史该有多么古远！

玻璃喇叭——玻璃玩具，好像更应该叫作玻璃乐器，在吹制上好像难度相当大，要把玻璃吹到极薄极薄才行。要是不薄，岂能吹之有声？可见不是一般人所能来得了的。我在上海看朋友做琉璃器，忽然想请他们吹一个玻璃喇叭，我把形状、大小、薄厚告诉他们，并在纸上画出来，他们试做一二，但怎么吹也吹不响。他们说，玻璃能吹响吗？这是你的一种设想吧？我对他们说，这是一种大同民间的玻璃乐器，寿命绝不会长，吹吹必碎，但声音绝对无可比拟，你想想，玻璃在吹动的时候发出的声音，那是一种多么美妙而独特的响声！我在那里说，他们好像还是不相信，玻璃能做乐器吗？玻璃能发出声响吗？再吹几个试试，均不成功。我忽然更觉得我从小就玩的玻璃乐器是否在大同地区已经失传，要是失传，简直是令人痛心疾首。我去北京，又去北京朋友那边的玻璃小作坊，我告诉他们"玻璃喇叭"的颜色是紫红色或淡茶色的，这一回，他们马上明白了玻璃的配方，这次虽然可以吹得薄一些，但还是无法吹响。虽吹制不成功，但我朋友的兴趣却高涨起来，他说，吹大大小小几十个玻璃喇叭，找三四十个人在台上吹奏岂不好看？玻璃闪闪烁烁，声音清清脆脆高高低低，舞台必须在全黑的底子上有那么一束光打下来照在那些玻璃喇叭上，那一定是一场极为奇特的演奏会！无可比拟的音乐会！我说这个音乐会是应该在我们大同开，虽然别处也有这种"玻璃喇叭"，但我以为大同的最好！

在中国，经过了旧石器时期、新石器时期、青铜时代，但跳过了铁器时代，也没有玻璃时代，而是直接进入了瓷器时代。玻璃在中国的发展史我一直不清楚，好像至今也没有这样一本书能把这个脉络理得清清楚楚。那天我翻看一本《波斯工艺美术史》真是吓了一跳，上边写着："以玻璃做吹器也！"以玻璃做吹器还能做什么？那不是玻璃喇叭又会是什么！北魏一朝受两河流域的影响最大，我设想，那大同民间的"琉璃咯嘣儿"也许一直是从北魏吹到今天!

　　吹琉璃喇叭要有耐心。我从小到大笨拙且粗心,买两三个玻璃喇叭,吹一个,"叭叭"——碎了;再吹一个,"叭叭、叭叭"——又碎了;剩下一个不敢吹了,把它小心翼翼放在一个盒子里,下边还垫一块儿布。总记着,我把一个紫颜色的、漂亮的、薄得不能再薄的玻璃喇叭放在了什么地方,一过就是三十年,我不知道那个玻璃喇叭现在在什么地方了……

随身口琴

有一个时期，口琴的吹奏声对我而言简直就是天籁。说到口琴，我总觉得它不是乐器，但不是乐器又会是什么呢？这么一问自己，又像是说不来了。我的哥哥，年轻的时候，总是在那里吹，吹，吹。不单单是他一个人吹，他的朋友，也都是每人一把口琴，常常革命党一样偷偷聚在一起吹，好像是，那是那个时代的时尚。想想看，三四个年轻人，每人一把口琴在那里合奏着同一支曲子。口琴本身是金属的味道，声音有几分像手风琴，但来得更清清泠泠，几个人用口琴合吹一支曲子，拍子就十分重要，四三拍子的曲子那时候好像是多一点，那亦是那个时代的节拍，一昂一昂，一挺一挺的："呜哇哇——呜哇哇——呜哇哇——"是这么个意思，这节拍，不但让听的人想动，吹的人已经先在那里动开了，肩头、身子都在动，捂着口琴的那只手在那里像鸟的翅膀一样一张一合一张一合，是要那口琴发出它本身并不具备的颤音。吹口琴的人的肩头、身子还有那只捂着口琴的手一旦都动起来，那简直是全身运动！有一支曲子，说曲子好像是不太准确，实际上应该是一支歌，这歌的歌名我至今记着：《革命人永远是年轻》，以我的感觉，这是一支听起来让人多多少少有些落落伤感的歌曲。说伤感也许有些不准确，这支歌其实很好听，不那么热烈，是抒情的，有无比的惆怅在里边，是有感于青春的易逝，还是对"永远是年轻"的质疑？是有些冷！是让人说不来。我常常问自己，这支歌本应该是热烈的，本应该是表现一往无前的情怀的，怎么会这样？怎么会这样让人伤情？音乐这东西就是这样让人说不来，也许是口琴吹奏的缘故？

那次在格瓦拉烟斗坊，那烟斗坊，是明明暗暗的，人坐在里边，要好一会儿才能看清对方的脸，是地下党接头的那种气氛，那种气氛让人放松，亦让人紧张。我的朋友，忽然来了兴致，要给我们唱歌了，他是民间音

163

乐工作者，在北京很混过一阵子，还在大上海混过一阵子，但最终还是意兴阑珊地回来了，这就让他多多少少有些莫名其妙的受挫感。他取来一把吉他，然后是，一把口琴，他要同时吹口琴和弹吉他。那把重音口琴，给我的朋友固定在一个金属架子上，这架子可以套在头上，这架子一旦套在头上，正好能让嘴够着口琴，这样一来两只手就给腾了出来。他就这样一边吹口琴一边弹吉他，是什么曲子，记不清了，是一首一首连着吹下去，是时下的，摇滚的，热烈的，有那么点热烈得不着边际，是没有内容的热烈，这可能就是中国上世纪九十年代摇滚的特征。吉他的声音混着口琴的声音让我再也捕捉不到以往那种感觉。忽然，我的朋友换了花样，节奏一下子大变，是："呜哇哇——呜哇哇——呜哇哇——"我忽然忍不住乐了，那个渐渐远去的时代，忽然一晃，就像门口那个瘦削的青年，吹着亮丽的口哨，身子一歪，进来了；他不但进来，还把外边的光一闪也带进来一些。整整一个时代的感觉，就在那一刹间凝固成了这么一个形象。

口琴这种乐器，可能是乐器中最小的一种，放在口袋里，随时拿出来吹吹，是音乐与人同行。你在口袋里放着一把口琴，简直就是装了一些轻音乐在身上。还有一次是我在去南京的火车上，我的对面，坐着一个南方人长相的青年，白白净净，背着一个打得很紧的行李卷儿，那行李卷像是对他无比重要，乘务员连说了几次，他最终还是没把那行李卷放到行李架上去。乘务员来干涉了，他把行李卷儿也只放到上边一会儿，隔一会儿，乘务员一离开他就又把那小行李卷取了下来。车厢里乘客很少，几乎是每人都可以找一个座儿横躺到上边去，我在这边，这个青年在那边，后来他也躺下来，头枕着他的小行李卷儿。他在身上摸啊摸，把什么东西取了出来——是口琴！金属的外壳，绿色塑料的吹口，吹口上露有细细黄色铜条的簧片边沿。他忽然吹了起来。在这时候，他吹奏什么曲子都不重要，是口琴的那种韵律让人一下子轻松而愉快了起来，他亦是把一只手在那里松松捂着，那只手亦是鸟翅膀一样一张一合一张一合，那口琴的声音便多情地颤动起来，让人感受到一种久违的快乐。

当然是我个人的感觉，这车厢里的口琴声让我想起

165

巷子里石板上雨后的月光，琳琳琅琅闪闪烁烁，或者是游移的一线又一线，而且，这光亦是"呜哇哇——呜哇哇——"地跳跃起来。

手风琴与吉他

　　手风琴是什么时候传到中国的呢？好像是与传教士有那么一点点关系。我把这话对我的哥哥一说，我哥哥就笑我浅薄，说传教士唱圣歌是用脚踏风琴或管风琴。但中国的教堂里一般没有管风琴，大鼻子黄头发传教士大多都用脚踏风琴。演奏脚踏风琴，要像搞运动项目一样地全身都投入，脚在那里踩，手在那里弹，嘴在那里唱，人必须端坐在那里，四肢却要忙个不亦乐乎。我的音乐老师，名叫何宝芳，是个高个子，人长得真是漂亮，她教我们音乐，总是一边弹着脚踏风琴，一边唱着"多来米""多来米"。因为总是在一遍遍地教学生唱"多来米""多来米"，她的嗓子就总是哑哑沙沙的，但我喜欢。我记着一次联欢，她站在台上，兰花样的两只手交握在胸前，紫丝绒的漂亮旗袍简直要放出光芒来！那天她唱的是一首"我家来了个胖嫂嫂"。那时候人们的生活还很困难，富足的标准就是胖，当时有一种烟，牌子是"大婴孩"，就是一个胖娃娃在那里爬着。那个年代是瘦人的天下，人人都很瘦，吃粮要供应，吃菜也要供应，食油一个月每人三四两也要供应。想要胖，没那么容易。就像现在的人想尽了法子想让自己瘦却也没那么容易。

就是我的这位何老师，后来上音乐课改用了手风琴教我们，这样就省力多了，起码在我们看来。说到手风琴，我就很想念我的这位何老师，我知道她现在闲居在北京，已经退了休。她拉手风琴的时候，脸侧着，嘴会时时跟着曲子一下一下动，好像是为她的手使劲，但丝毫不影响她的漂亮风度。手风琴像什么？好像是不太像乐器，倒像是一种机器。我们熟悉的乐器总是有两根弦子在那里给紧紧绷着，被马尾的弓子摩擦着尖锐地响，或者是笛箫，用指头把出气的小孔堵了或放开就呜呜地发音。我们熟悉这样的乐器，植物和动物的结合体，竹子、马尾还有大花的蟒皮。而手风琴呢，简直就是机器，好像它就是欧洲工业革命时期产物的代表。有风箱，拉开，合住，再拉开，再合住。黑色的小圆钮键子和一排一排黑白相间的长键子上边跳跃的是演奏者白白的灵活的手指。手风琴演奏的音乐总像是有一个乐队在那里合力协作着，声音亦是复合的；所以，五六十年代手风琴特别被看重，有了手风琴就等于有了乐队——一个人在那里拉，大家在那里唱。歌曲总是轰轰烈烈的那种——《咱们工人有力量》《团结就是力量》，节奏一律明快有力。不知怎么，手风琴总让我想起苏联文学，无论是什么曲子，只要让手风琴一演奏出来，我就会想到开遍山野的梨花和让人摸不着头脑的苏联姑娘喀秋莎，或者会想到屠格涅夫，想到《静静的顿河》或者是《白净草原》和《父与子》。这很奇怪，为什么呢？像梦一样说不清。手风琴其实是时代感很强的乐器，二十世纪五六十年代是手风琴的天下，公园里的露天舞会根本就离不开它。想想当年夜公园的舞会，其实亦是一种小市民纸醉金迷的味道，首先是一串串五颜六色的小灯泡像蜘蛛网一样在夜色里亮开，周围又是黑乎乎交叉的树影，再加上夜公园特有的花草气息，更让人忘不了的是晚香玉腻腻的香，主角是那成双成对起舞的年轻人，女的又总是双排扣列宁装，男的是蓝裤子加上白衬衣，白衬衣一律规规矩矩掖在裤子里。音乐是苏联舞曲，欢快的，手风琴特有的，震响着其他乐器永远无法演奏出的那种热烈的小家子气的共鸣。手风琴是什么？简直就是一个乐队，拉手风琴的乐手的脑子真是和一般人有小小的不同，首先是左手和右手能分得开，左手按这边的圆钮，右手按那边的键子。苏联的那种小手风琴，小极了，演奏它的人要一蹲一蹲地跳舞，蹲下去，跳起来，蹲下去，再跳起来，青春洋溢得不能再洋溢！腿和腰上都像是安上了进口弹簧。在中国，那种小手风琴很少见，在台上演奏着的都是大手风琴，最好的是国产"鹦鹉"牌手风琴和意大利的"象"牌手风琴，七排簧一百二十贝司，猛地把风箱一拉开，好像有火车开来！多少年来，无法改变的印象就是，只要手风琴一拉响就让人多少有点伤感，有点惆怅，有点觉得遥远，远远出现在想象中的赤松林一定是希施金笔下的松林，还有雪和雪橇，也一定是列维坦的画面。再近点，如近到我们中国，亦会是克拉玛依沙漠深处的油田，黑色的石油喷洒得到处都是，那石油最好喷得比美国和英国还高——那时候人们的心情竟像是赛跑，是一定要超过英国和美国才行，还照例会有一面面的红旗在风里猎猎地张扬着。手风琴令人怀旧，实在是因为它的时代感来得太强烈。过了八九十年代，手风琴简直就从舞台上退休了。九十年代开始的奢华的生活作风让人们摒弃了这简单的乐器；人们欣赏交响乐的气派，音乐要有"金碧辉煌"的气派，非交响乐办不到。首先是台上那一大片的乐队就让人兴奋得像是喝了酒，小提琴、中提琴、大提琴、长号、圆号、拉管、钢琴、竖琴，各种的乐器令人目眩神移，再加上灯光和亮亮的金属指挥棒。人们不再理会手风琴，手风琴退休了，老掉了！人们到此时才明白原来它竟是一种快餐样的乐器，是无产阶级的乐器，是群众的乐器，古典的交响乐会用到它吗？不会。它只配出现在街头和群众聚会上，出现在苏联革命的电影里。手风琴被尘封了，但更加令人怀念了。

在中国，起码有两种乐器是具有强烈的时代感，一种是手风琴，另一种就是吉他。吉他出现在我们家里是七十年代末的事，我哥一时还叫不出它的名字，试试探探地叫它"六弦琴"，结果是叫对了。那是一把华贵的让人头晕的古典吉他，调弦的旋钮上装饰着珠光闪闪的贝壳，还有别处，也镶着珠光闪闪的贝壳，富丽得有些不着边际。吉他其实是青春浪漫的乐器，夜晚的街头，铮铮铮铮地在那里响着，一如月光下的流水，不汹涌，微微有点涟漪，涟漪上还有点点的月光。吉他就是这样，吉他永远是青春期的温情脉脉，不会暴风骤雨，亦不会电闪雷鸣，但一定是包含了青春期的暴风骤雨和闪电雷鸣。那六条弦上的情绪是要点点滴滴都倾诉到情人的心里去，要让那从手指尖上开出的美丽花朵在情人心里再次生根发芽！我十八岁那年，用自己挣来的工资去买了一把吉他，却是小号儿的，弦间的距离太小，总是弹这根弦就会碰到那根弦。我用这把小号的吉他在出了院子临街的粮店边学会了许多歌，都是外国歌曲。总忘不掉的是《剪羊毛》这首澳大利亚民歌。这首歌的旋律是一种有板有眼的倾诉，不太热烈，倒像是有些疲倦了，是劳动过后的疲倦，激情没有了，只剩下倾诉的欲望——想象中的那个年轻吉他手，穿着粗布白衬衫，靠着金黄的草垛，草垛后边的天空高远湛蓝，无边无际。这首歌的旋律我还记着，歌词却大部忘掉了，只记着"只要我们大家齐努力，幸福的日子一定来到，来到"。是，多么肯定！

吉他这种乐器，其实是个人主义的，有点像中国的古琴，是要一个人穿着磨损的牛仔裤，戴着呢子的牛仔帽，坐在老木头牛栏上弹出他的惆怅和伤感；远处应该是无际的草原，再远处或许会有一抹青山——应该是这样的情调。吉他的音响，好像是，有那么一点点像手风琴，弹起和弦来是那么个意思：铮铮铮铮，铮铮铮铮，快速的，是金属在那里喋喋不休。手风琴的簧是金属的，吉他的弦是金属的，这两种乐器都是靠金属发音，又都是群众性的，适宜出现在街头。无论手风琴的故里是什么地方，我个人都认定它的籍贯是苏联；而吉他呢，说来好笑，因为我用它来弹唱《剪羊毛》，所以，我想起吉他就想到澳大利亚。《剪羊毛》是澳大利亚的民歌吗？好像是，也只有澳大利亚才会有那么多的羊毛等着人来剪，也只有澳大利亚才能让人到处听到剪羊毛的剪子在那里"咔嚓、咔嚓"响。

手风琴是五十年代、六十年代、七十年代的乐器，而吉他应该是七十年代、八十年代、九十年代直至现在都被青年人喜欢着的乐器。手风琴到现在也没有灭绝也不可能灭绝，但人们对它的热情毕竟无法与当年相比。吉他终于从民间走向了舞台，吉他亦是一种快餐乐器，只是普通的吉他现在都换了电吉他，所以，民间的那一点点情绪才被猛地扩张了。一个人在台子上弹唱，上千的青年在台下跟着激动呼号左右摇摆，而那演唱者的手里却始终只是一把吉他。

乐器也是有成分的，就像人，在五十年代人人都得有个成分，不是地主，便是贫农。如果给乐器划分一下成分，手风琴和吉他一定是平民出身，而钢琴和小提琴还有中国的洞箫和古琴却说什么都不能给它划分到平民里边去。不过手风琴和吉他这样的乐器就不太好划分成分，因为它们是外国籍的乐器，而我们中国人是向来不给外国人划分成分的。

乐器的性格

　　乐器和人一样也是有性格的，就像是人的嗓子，有的人的嗓子可以唱得高一些，有的人的嗓子却只能唱低音。什么样的嗓子唱什么样的歌，这是不能乱来的，有一种看不到的规律在里边，如果违反了这种规律，歌就会唱得很不像话。

　　中国的乐器很多，比如二胡，就是一种很悲剧性的乐器，所以瞎子阿炳才会用它来演奏他内心的凄苦。想象一下他一边拉着胡琴一边在江南细细的雨里慢慢走动，巷子又是长长的，细细长长的巷子，巷子里的石板路面一块一块都给雨水打得一片湿亮，这应该是晚上，二胡着了雨的湿气就更没了悲剧性之外的那一点点亮丽。中国乐器大多都是悲剧性格，马头琴更是这样，而且往往是拉马头琴的人还在那里调着琴弦，那悲剧的味道就出来了。马头琴能不能演奏欢快的曲子？我想几乎是不能，它是一种骨子里哀伤的乐器。草原的晚上是一无遮拦的空旷，你站到蒙古包的外边去，天和地都是平面的，没有树也没有山，什么都没有。忽然，马头琴就那么浑浑然地响起来了。拉的是什么？是《嘎达梅林》。那样哀怨，那样悲伤，那远方飞来的小鸿雁真是令人柔肠百转。听马头琴演奏这只曲子的时候你最好要喝一些烈酒，但是不能太醉，也不能一点也不醉，这时候你也许会被马头琴感动得流泪，那是一种极好的体验。马头琴也能演奏节奏很快的曲子，比如《骏马奔驰保边疆》，节奏是很快的，配着敲打得一如疾风暴雨的木鱼，让人从心里怜念那被骏马们踏来踏去的草场。如果是碰巧刚刚下过一场雨，想那草场是一塌糊涂的。演奏这种节奏快速的曲子不是马头琴的本色，马头琴的本色就在于它的低沉、苍凉、迂回，哭泣般的浑浑的音色效果。二胡和马头琴相比，还有那么一点点亮丽在里边，马头琴即使演奏那些调侃一些的曲子，如内蒙古民歌《喇嘛哥哥》，性的挑逗在这支曲子里明显是很强烈的，但一演奏起来，还是不脱悲剧的味道。这悲剧的味道让人产生强烈的及时行乐的欲望，这倒合乎常理，越悲伤的人越想去行乐。

中国的乐器里边，琵琶是比较没性格的，它有些像是钢琴，没太明显的性格因素，却能演奏各路曲子，欢快的它来得了，悲伤的它也可以来。这就让它显出一种大度，就像是一个大气派的演员，什么他都能演。古筝也是这样的，古筝一旦演奏起来，便不是一条小溪样弯弯曲曲地流淌，而是从天边铺排而来的无边风雨，里边还可以夹杂着闪电和雷，可以很迫人地把你推到一个抽象的角落里让你去做具象的想象。琵琶也是这样。《十面埋伏》这支曲子里就有马在不停地奔跑，雨也在曲子里下着，云在曲子里黑着，有火在曲子里惨淡地红着。琵琶、古筝都是这样的大角色演员，而古琴和箫却是极孤独而不合群的避世者；别的乐器是声，而箫和古琴却是韵——需要更大的耐性去领略，需要想象的合作，不是铺排得很满，而是残缺的，像马远的山水，再好，只是那么一个角落，树也是一棵两棵地孑立在那里半死不活，需要读它的人用想象和它进行一种合作。听箫曲和

177

古琴曲要闭上眼睛，要让自己暂时离开柴米油盐的现实，饿着肚子或有着强烈的肉欲是无法欣赏箫和古琴的。箫的性格其实也是悲剧性的，是一种精神境界里边的凄苦，而二胡却更现实一些；所以二胡还能演奏《旱天雷》和《瘦马摇铃》这样的曲子，箫却要以惨淡的江天做背景——天色是将明未明的那种冷到人心上的深蓝，冷冷的，还有几颗残星在天上，雁呢，已经在天上起程了，飞向它们永远的南国，飞得很慢，这就是箫的背景，红红的满江边的芙蓉花是和它不协调的。箫和笛大不一样，笛是亮丽，"芦花深处泊孤舟，笛在月明楼"，这一声笛是何等的亮丽，也是这一声笛，月色才显得更加皎洁，诗的境界才不至于太凄冷。笛是欢快的、跳跃的，但在山西的北部，笛这种乐器一出现在二人台这种地方小戏里，就很奇怪地尖利利地变得凄苦起来。笛是乡村的，箫却是书生化了的，这是不同的角色，根本的不同——想象不出来一个牧童坐在牛背上吹箫。笛的悲剧性是要在一定的背景下才能表现出来的，比如读《红楼梦》凹晶馆中赏月一段时，那冷不丁突然响起的一声笛，直让人心惊胆跳，像见了鬼，又好像一个平时很温和的人一下子暴跳起来发了脾气，猛厉、没由来、让人防不住，几乎是绝望了的意思，一声就够了。这时候也只有笛才能压得住那种强作欢乐却已悲从中来的场面，如果让箫出场，会压不住那种气氛，那气氛太大、太沉、太暗，只有笛才压得住。

中国的乐器里，唢呐是一种极奇怪的乐器，一会儿高兴一会儿悲伤地在那里演奏着，让人完全捉摸不透。中国的红白事的场面都离不开唢呐的惊惊乍乍。你觉得这种乐器的性格变化得太快、太无常，喜欢与不喜欢它全要看是什么场面，是场面决定它的位置，而不是由它来决定场面。有一支湖南的名曲是《鹧鸪飞》，是用梆笛吹奏的，梆笛那有几分哑哑的音色给人一种疲惫的美感享受，颓唐的、疲惫的、无奈的美真是具有一种让人松弛到骨的魅力。梆笛吹奏的那支《鹧鸪飞》真是美，那只孤独的鹧鸪从远到近不倦地飞着，就是不离人们想象的左右，因了这鹧鸪，人们自然会想象那南国的山山水水，想到辛弃疾的"江晚正愁予，山深闻鹧鸪"。唢呐吹奏的《鹧鸪飞》则完全是没了韵味的，没那种清韵，只是世俗的热闹。唢呐的性格是直爽，直爽到有些咋呼，一惊一乍的，让人防不住的，或者就拉长了，好像是一条线，你看着它要断了，却分明又没断，你想象不到吹唢呐的人是去什么地方找的这么长的一口气，这时候的鼓掌纯纯粹粹是为了技巧，或者就是恶作剧的怂恿，怂恿演奏者再吹下去再吹下去，或者这演奏者就会一下子闭过气去。有时候唢呐会没来由地急促起来，这急促让人想到战争中的子弹如蝗乱飞，直吓得人们把心伏在那里不敢动。和唢呐相反的有笙，唐代的故事"吹笙引凤"，那凤便是因为笙之动听才会飞来。笙是以韵取胜的乐器，笙的声音可得两个字：清冷。这清冷二字似乎不大好领略，不亮丽，不喑哑，有箫的味道在里边，但远又不是箫，很不好说。唐后主的"船上管弦江面绿，满城飞絮混清尘，忙煞看花人"，那"管弦"中的"管"想必就是一阵阵的笙歌，只有笙，才会一下子布满江面；如是笛，就太亮了，直线似的在江面上飞起，就不对路了。

中国的乐器里，最亮丽的莫过于京胡，京胡是没性格的演员，但它处处漂亮，是一种戏曲中的装饰物。有一个人在早晨的湖边独自拉京胡，你站在那里仔细听，就连一点点哀愁和喜悦都分析不出，他让你想到的只是一种经验的突然降临，忽然是妖精似的花旦出来了，忽然是悲切切的青衣掩面上场了。京胡和高胡又不一样，高胡可以很凄厉很绝望又很争胜，那是一种争斗性很强的乐器，说到性格却又似乎接近青春得意，执着地在那里尖了嗓子诉说着什么，你听也罢不听也罢。

中国的乐器里是很少有喜剧性的，雷琴好像是唯一的一种，它可以学鸡叫，学马嘶，学各种小鸟的鸣叫。《百鸟朝凤》这只曲子让雷琴演奏起来让你真是会忘掉了乐器的存在。雷琴什么都可以学得来，就是没有自己的本声本韵，雷琴就是这么一种乐器，它可以算是喜剧性的。但它又根本无法和锣鼓相比。锣鼓算乐器吗？当然算！锣鼓其实也是一种难以确定性格的乐器，但它出现在喜庆的场面太多了，所以，锣鼓一响起来，人们就兴奋了，这是历史潜移默化的作用。在中国，死人而敲锣打鼓是没有的事，喜庆的日子又离不开它，它的性格就这样给糊里糊涂地定格了。

中国的乐器里，最不可思议的是埙，它在你耳边吹响，你却会觉得很远；它在很远的地方吹动，你又会觉得它很近。这是一种以韵取胜的乐器，它有一种事不关己高高挂起超然独行的性格，世上的事都和它好像没有一点点关系，它是在梦境里的音韵，眼前的东西一实际起来，一真切起来，埙的魅力便会马上消失了。

音乐永远是一个人的，上百上千的人在一起听音乐，真不知道人们在那里听什么？乐器是有性格的，它静静地待在那里什么也不是，一旦被人操纵着，它的性格就出来了，该是什么就是什么。然而往往是到了后来，不再是人操纵乐器，而是乐器操纵了人。

听歌三记

记好一朵《茉莉花》

我于花木，偏喜欢零零碎碎的那种，比如雏菊，我去了花店就总是先问雏菊，有就买一大把回来，往大陶罐里一插，可以开半个多月，多少还有些药香。药香吗？药当然香，但那必须是中草药。我喜欢黄的那种雏菊，现在花店里有紫的和绿花心的那种，我不大喜欢。没有雏菊，我就会要满天星和情人草，花碎得不能再碎，是碎叨叨，像老太太们在那里拉家常。现在花店里有那种奇大的百合，花开足了像伸开爪子的八爪鱼，让人有些害怕；还有牡丹，碗口大一朵又一朵，稠肉肉的，都不能让我喜欢。有一种牡丹，花形瘦弱，而且是单瓣,我倒喜欢,喜欢它的瘦伶伶,是弱者的模样,但也只要一朵两朵。花一多了,比如一株上边怒放百十来朵,给人的印象未免就有些气势汹汹。你对着这样一大株牡丹看老半天,你会不会觉得它是气势汹汹?你想想看。说到牡丹,画家们好像都喜欢画牡丹,但画家画牡丹最易出丑,动不动就会画成民间的大被面儿,还少不了用胭脂朱砂,真是浪费。

各种碎小的花里边,我最喜欢白茉莉。小时候,我父亲在家里种了那么几盆,花开时节,满屋幽香。因为喜欢茉莉,所以也连带着喜欢上了《茉莉花》这首民歌。中国的民歌,悲剧性的比较多,柔婉的比较多,我喜欢民歌,先是要被它的曲调打动才行,好像这首歌是什么词倒不重要,比如蒙古的民歌,歌词我一句也不懂,但照样感动。《茉莉花》就是这样一首歌。这首歌,我们多听了女声在那里唱,而有一次,一个男生在那里唱这首歌,我当时便被定在了那里,才知道这首歌由男生唱来竟也会这样的好,而且好像是更好——成了男性对女性的一种倾诉,有了对象,从情感上讲倒像是更加真实。艺术真的要真实吗?这需要讨论,但情境是要让人想得清楚一些的才好——一个男子，久久对着白白的茉莉花，只这么个画面，动人不动人？只这便动人！男生与茉莉花之间有什么？随便你去想，但你真要好好听一下男声的《茉莉花》。

《茉莉花》这首歌真是纯净，是旋律的纯净，是情感的纯净，旋律和歌词加在一起的那种美你真是无法说明白。如把歌词改一改，你会发现旋律也不再是那么美的了，比如把茉莉改为"牡丹"。

我原来以为好的民歌只要曲调好就行，其实错了，民歌首先还要把内容放在第一，光是曲调毕竟还太朦胧。问题是，民歌从来就不朦胧，该茉莉花出场的时候，即使是斗大的牡丹也替代不了。

快乐的《采红菱》

《采红菱》这首歌里有江南的波光水影，我们和这波光水影一点点都没有距离，有的只是没有一点点距离的喜悦和爱意，听着这首歌，我们居然会没有一点点妒忌，一点点都没有，就像我们一下子都长了一辈，看晚辈在那里天真无邪地嬉戏——水啊船啊还有那晃眼睛的波光。菱角本来是荸荠紫的颜色，在这里倒像写诗一样被夸张成了红色，而且我想象它是朱红色；那红菱亦是小小的、饱满的、鼓鼓的好看。这首江南民歌让人想起那首《江南可采莲》的古歌谣，其节奏其实并不慢，亦是急急的："江南可采莲，莲叶何田田，鱼戏莲叶间。鱼戏莲叶东，鱼戏莲叶西，鱼戏莲叶南，鱼戏莲叶北。"一会儿东一会儿西地那么让人喜悦，真是充满了人生的欢愉，倒不知是人在那里戏还是鱼在那里戏。诗的好，好就好在写鱼的时候写出了人的心情，那鱼儿是一抖就游开，一抖又游开，一会儿这边一会儿那边的，真是可爱。鱼是从来都不做沉思状的，活泼就在这里，是写人的欢愉，是对人说鱼，有人在里边，是满满的活泼。

《采红菱》这首江南民歌怎么会有那么快的节奏，好像急得不得了，一刻也不能再等。两个人乘着船儿采红菱，哥有意妹有情——听这歌的时候，我们好像看到了水波里的那一双小手，不停地把饱满的红菱摘下来，但那节奏，又好像不是在采红菱，倒好像要急着赶到什么地方去。怎么可以这样急？怎么可以这样欢娱？怎么可以这样的一刻不停？这首歌让人想起那首河南的著名民歌《采牡丹》，也是快快的节奏：采，采，采牡丹，三朵两朵采一篮。一刻也不能再等的心情，让人心跳，是下定了决心，是马上就要行动——先是两个短促的"采"字，然后才道出了是在采牡丹，是提着篮，一个篮里呢，也只好放得下三两朵，这真是好大的牡丹，而且是红格艳艳，色彩很刺激人。河南地面有红牡丹吗？至今我还没在那里看过红格艳艳正红一品的牡丹；不但河南洛阳没有，即使是山东菏泽也看不到。

《采红菱》和《采牡丹》这两首民歌你最好对比着听一下，除了民性和情绪的表现有所不同之外，它们有个共通的地方，就是节奏都快。虽说是节奏都快，但细致的区别也还有，那就是河南民歌《采牡丹》是兴奋，是一群女人泼辣的风致，是争前恐后，是抢着摘最好的那种心情；而《采红菱》却是欢快，是男女十七八时的欢快，没有一点点生活的沉重在里边，是真正的欢快。欢快原来竟然是这么个意思——无论是什么事情，这两首歌要人们明白无论是什么事情，只要是慢了就不会欢快了，快乐快乐，快了才乐，音乐原来也是这样。

《太阳出来喜洋洋》

　　小时候在被窝里听这首歌，当时的情景我还能约略记得起，父亲在帮着母亲洗衣服，水龙头哗哗哗哗地流着水，母亲洗父亲晾，屋子里到处是湿漉漉的肥皂水味道。当时还觉着奇怪，太阳出来有什么可喜的？太阳不就是太阳吗？及至后来去四川，那次是先上青城山看天师洞，然后去峨嵋夜宿华严顶，一连数天，是整天的雨，到处都湿漉漉的。在青城山穿过的一双黑布鞋子放在塑料袋子里，到了华严顶取出来一看，鞋子上都长了绿毛，要想让鞋子干，必得找火盆来烤。想晒干是瞎想，天上哪有太阳？就是在那时候我忽然才明白四川民歌《太阳出来喜洋洋》的好来。只有在四川，你才可以真正听得懂这首民歌，阴雨绵绵，到处是一片霉味儿，就在这时候太阳忽然出来了，你能不高兴？这首民歌，歌词先就好得不一般，七个字：太阳出来喜洋洋。是谁在那里喜，当然是人，但又不单单是人，因为这七个字里并没有单单指出人，而是：太阳出来——喜洋洋。所以说，这喜是万事万物的喜，是那瓦屋也会喜，是那绿

188

叶也会喜，是那鸡也会喜，是那石板路也会喜。这首歌是以劳动者的眼看事物，要挑起担儿上山冈，下着雨好上山吗？不好上。山路该有多滑！人的情感最最复杂，但一丝一念的情感让人有如此的感动就是这首歌的动人之处。在中国，歌唱太阳的歌真还让人数不出几首来。帕瓦罗蒂的那首《太阳》是为让人欣赏人的声带的，先是大波大波地渲染，然后才带出那么一个太阳来，"啊！多么辉煌——"是展开双臂的抒情。而《太阳出来喜洋洋》简直是"采菊东篱下，悠然见南山"般的自然。早上起来，看到了太阳，挑上担子上山了，一切都那么自然那么舒适，这就是中国式的描写，一切都从平常起，一切都要归于不平常，那不平常也只是藏在平常之中。

民　歌

　　过去在乡下演出，化好妆，简单地吃几口垫一下肚子，接下来就要走一走台，是各走各的，都要走一走，是要知道台子的大小，心里有分寸，到时候不会一步迈错。乡下的草台班子戏与芭蕾舞不同，比较随便，可以临时改动，台子大了有台子大的方法，台子小了有台子小的方法，出台前和乐队打个招呼就可以。如是小台子，我就想不来芭蕾舞临时怎么改；但小戏就可以，小戏原是可以伸缩的。台子大了，走两个过门，台子小了，是一个，或更小，就换一种方式。我直到现在都认为，东北的"二人转"和北方的"二人台"都是民歌；只不过这民歌有了叙事的成分，有了人物的穿插，拉长了，但还是民歌。说实话，我是喜欢民歌的，民歌是植物的气息，唱的虽都是人心人性人情，却干净爽利，让人觉得人的欲望性爱原来会这样明白爽利。山西作协有所谓的会歌，现在喜欢唱这个歌的朋友们都渐渐英雄老去，也没那种酒后豪情的场面了。这首歌只唱一个小女子下河去洗衣裳，被小伙子看到，一对一地唱。在山西，把心里爱怜的人叫"小亲亲"，再进一步，叫"亲圪蛋"，这歌一开口就是"亲圪蛋下河洗衣裳，双腿腿跪在石头上呀，小亲圪蛋——"。这是怜爱。下一句是"小手手红来小手手白，搓一搓衣裳把小辫甩呀，小亲圪蛋"。又是怜爱。"小亲亲来小爱爱，把你那好脸扭过来呀，小亲圪蛋。"最后一句大胆勇敢而肯定，是小女子的唱："你说扭过就扭过，好脸要嫁那好小伙呀，小亲圪蛋。"在山西，民歌多如牛毛，而最短的一首却恰恰像是远古的民谣，是奇短，不能再短，虽然短，却发人想象："哥拉你的手，哥亲你的口，拉手手，亲口口，哥领你往旮旯里走。"相信这是世界上最短的民歌，但意韵却不短，这民歌干净透亮，是"思无邪"。虽然我们可以想象他们可能去做什么了，但仍然是三个字"思无邪"。民歌就是这样坦率明白——白石上边流清泉。

"二人转"也是民歌，但现在的"二人转"却是互相谩骂和嘲笑，我不喜欢，虽然我是东北人。但"二人转"也有好的歌让人听，比如《丢戒指》，就真是好，亦是干净爽利坦率明白。我要我的母亲给我唱这支民歌，我的母亲离开东北许多年，但一唱这支歌便是满宫满调的乡音。从我记事起，我的母亲衣着十分朴素，街道开会让贴裁成长条的那种红红绿绿的标语，防空时让往玻璃上贴十字交叉的纸条她都会去。但"文革"一开始，那时候我还小，我吃了一惊，母亲的照片，一张一张真是时髦，但那是过去的时髦，让人想到上海二十世纪三十年代的月份牌儿，都被取出来给放灶里烧了，还有母亲的"玻璃丝长筒手套""细皮子绊扣高跟鞋"，还有别的，都被烧的烧扔的扔，直到现在，我都不明白那个时代的人有着什么样的青春。我父亲的一张照片，我现在还记着，英俊，烫发，大眼睛，头发上还别着发卡，发卡上是一串英文。那是个什么样的时代？这种装束？让人有远若尘烟的猜测，却总还是猜测不明白。但那时候的民歌我们现在还能听到。民歌有一种力量，就是穿越时空。民歌其实是和我们的生活情感或者生命搅和在一起的。那一年，我第一次离家，是出外学习，长达半年之久，真是想家。记着是秋天，我沿着一道很高的红墙走，红墙边是正在落叶的梧桐，走过红墙，眼前忽然开阔，说开阔，是因为一切都在眼前了，是民居，两边都是民居。往左走，商店前边的空地上正在演出，挤挤挨挨围着一圈人，是民间的演出，民间的锣鼓和民间的吹打。我的眼泪一下子就下来。那民歌的演唱，已经永远刻在了我的脑子里：

　　　　正月里来正月正，正月十五挂红灯。

　　　　啊，红灯啊，挂在啊，那大门口，

　　　　单等我那哥哥呀，哥哥呀，哥哥他上门来——

　　这句子，也只有在民歌里听到，在昆曲里，是永远不会。

清明的气味

　　怎么说呢，把"清明"算在节日里好像是比较牵强。在中国众多的节日里，"清明"这个节日算是比较清淡。中国的节日都是以吃为主，端午小吃，中秋中吃，春节大吃，这三大节日的主要特色都是要让人开怀大嚼的。而只有清明，不见有吃的说法，比如特别要吃什么，特别要喝什么。清明多与纷纷的小雨联在一起，好像是，这时节特别容易有雨，古人掐算得真准，即使在北方，也三点两点地落。走在路上，看看衣襟，分明有点点黄尘，不用问，是雨落了下来。古人的"清明时节雨纷纷，路上行人欲断魂"，只读这两句，你就会问，怎么来不来就要断魂？读下去你才会明白是为了要找烧酒喝。下小雨的日子里，人们常常会想到酒，与酒相般配的也最好是小雨天——窗外一天小雨，桌上两壶热酒，瓶中一枝杏花。为什么是两壶酒呢？你得找个好友来一道喝才好，一个人喝大没意思！雨要小小地下，若瓢泼样来一阵豪雨，檐溜如瀑，满街黄浆，好像不怎么能让人来酒兴。所以说，清明总是能让人想起酒的味道，是因为那纷纷的小雨，再加上泥土给纷纷的雨湿过后的味道。清明问酒是对的。唐诗中的那个人，没了魂儿一样地拦住牧童就问，酒馆哪里有？那简直就是受了小雨的蛊惑。我年年清明给父母扫墓都是要先给父母供过酒，然后自己也喝那么一点，说是一点，却是一点加一点，一点再加一点，想想，一点再加上一点。在那地方喝酒，也算是和父母在一起小饮，天阴阴的，雨点点的，让人有莫名的惆怅，这惆怅便是世上最好的下酒菜，所以人很快就微醺了。回去的道上，闻得见的还是那春雨的味道，那种特别新鲜的，雨洒在土地上的味道。要说清明的气味，也就是这种让人爱闻的气味了。说到让人爱闻，因为它是天上的雨与地上的泥土混合在一起的清鲜之气。中秋是瓜果气，各种瓜果梨桃的芬芳混在一处，让人无端端觉到了嗅觉上的富足和食欲的牵扯。春节的气味则是混合在一起的浓烈的酒肉之气，是奢侈之上多少浮着些因为过年而似乎还说得过去的糜烂。这时候案头清供的水仙和佛手的清香早就不知去了哪里。端午的气味来得清淡些，是竹叶和糯米再加上艾草的清香，但远不如清明的气味来得铺天盖地，那是天地之大气。

　　说到清明节的气味，还要说到的是杏花。唐人眼里的杏花村我想断然不是名叫"杏花村"的村子，我想那肯定是纷纷开着杏花的地方。杏花开足的时候只可用一"闹"字来比方，杏花开足的时候便全白了，只有花萼有那么一点点的胭脂，这时候你在太阳下看杏花非得眯上眼不可，白得太晃！或者你就戴上墨镜，但戴墨镜看花煞不煞风景？你戴上墨镜去看牡丹？你戴上墨镜去看梅花？你戴上墨镜去看清明的杏花？是不是有病？清明时节，好像就是杏花的时节，杏花香吗？那是淡淡的、若有若无的，比梅花淡几分，却更有意思，更乡野的香。陆游的"小楼一夜听春雨，深巷明朝卖杏花"真是诗意大好。我一直想请朋友给我画一张《小楼一夜听春雨苦想明朝深巷卖杏花图》，看看这题目啰嗦不啰嗦？题目啰嗦意境却妙得紧！妙的是春雨，妙的是小楼，妙的是深巷，妙的是为杏花而失眠！如果是二十几层的高楼，你听什么春雨？如果不是深巷而是闹市，你卖的又是什么杏花？深巷人迹少至，卖杏花的来了，必定是挎着小篮，如果是推着一大车杏花呢？也必定煞风景！

清明在中国众多的节日里来得最清淡，却最有诗意，这不是一个大吃二喝吆五喝六的节日，也不是关起门来一家子一家子热闹的节日。这个节日就是要人们纷纷走出自己的家门，去该去的地方看看自己已故的家人。天上下着点小雨，远远的几株杏花，再加一点点的酒，这可真是个好节日。这个节日也不必隆重起来，若隆重起来就对不起那小雨，对不起那杏花，对不起那一点点的惆怅。若隆重起来便就不是清明了。

清明是有着独特气味的节日。

行酒令

写下这个题目，便想起家父喝酒的事。东北人喝酒向来是比较爽利，而记忆中的事是家父整日在那里喝酒，这是一件让人讨厌的事。我至今喜喝烧酒，这恐怕是和家父分不开，家父对酒，向来是不喜曲酒，家里做菜也要用烧酒。葱爆羊肉这道菜，要想好，必得用烧酒烹它一烹，烧酒烹下去，火"轰"地起来，这个菜才好吃，用料酒则没那个味道，北方的老黄酒更不行，太甜。真正的喝酒，菜像是在其次，大鱼大肉的上来倒不为好酒者所喜，盐煮花生米或是简单的一盘猪头肉即可，但一定不能急匆匆赶路样你追我赶地喝，慢慢一边喝酒一边说话，一粒花生米要分两次吃。这是真正的喝酒把式所为。现在想想，又羡慕他们。

家父喝酒，向来不行酒令，只记得有一次家父和他的朋友说起喝酒划拳的事，念了一次“螃蟹一呀，爪八个呀，两头尖尖这么大的个儿呀”。这个令的有趣之处是在于如果一路念下去会像学算术一样不停地加来加去，“螃蟹俩儿呀，爪十六呀，两头尖尖，这么大的个儿呀”，“螃蟹仨呀，爪廿四呀……”如此一路加下去也挺有意思。家父不爱斗酒，喝到兴头只把那本母亲叫作“酒鬼书”的书取过来翻，随便翻，翻到某一页，该谁喝谁就喝，也大有意思。比如这一页是画了一个古时的小脚女人一左一右挑了两大桶水在那里蹙眉蹴步，而在这幅画的旁边便写有“翻到此页者左右宾客各饮一大杯”。或者是画面上画了两个人正在交头接耳，旁边便写有这样的话：“席上交头接耳者饮。”父亲很喜欢这本软软的线装书，一本书，酒友们轮着翻，一圈儿下来谁都不少喝。母亲把这本书叫作“酒鬼书”。有一次，父亲找它不见，问母亲，母亲说大概在镜子后边。父亲抬手去镜子后边只一摸便找到了它。这本书后来归了我，再后来一个朋友看着好玩儿，拿走和他的朋友们去“左右各一杯”或“交头接耳者饮”去了。

喝酒多年，知道划拳行酒令的事，也知道划拳的规矩，比如划拳的时候你就不能伸出一个食指对人，更不能伸出一个中指给人看，出一个手指的时候小拇指最好也收起来。鄙人酒量虽可以不给东北人丢人，但鄙人向不擅大呼小叫，所以至今还划不来拳。酒令却记下了几个，补记于下，其一是："一挂马车二马马拉，车上坐了娣妹俩儿，大的叫金花，二的叫银花，赶车的就叫二疙瘩。嘚驾，二疙瘩，嘚驾，二疙瘩。"其二是："一根扁担软溜溜，我挑上黄米下苏州，苏州爱我的好黄米呀，我爱苏州的大闺女。俩好呀，大闺女，三星照呀，大闺女。"其三有大不雅处，却不啻是一首绝好的民间叙事诗，记如下："赶车倌儿，笑嘻嘻，拿着鞭杆儿捅马X，马惊了，车翻了，车倌儿的玩意压弯了。"这一酒令虽俚俗不堪，却十分平仄上口，而且在中间很巧地还转了一个韵，亦可为初学写诗者做范本也，想必，拍微电影也会叫座儿。

乡村画匠

在武汉，住在梅岭，整天看装修工在那里整修毛泽东住过的房子。我最喜欢看的还是涂油漆和粉刷工序，暗沉沉的屋子只要一经粉刷便即刻会爽亮了起来，往木头上施油漆也是这样。小时候我喜欢的一件事便是看大人在那里粉刷屋子，那种刷房的涂料叫"大白"或是叫"白土"，味道可真好闻。我至今喜欢闻那种土的味道，谁家刷房我都会小站一下，专为闻那味道——是清新，清新之中又有些喜庆的意思。居然是喜庆！因为粉刷房子总是年根儿的事，或者就是谁家要办喜事了，这样一来，连那大白的味道也有了几分喜庆。小时候，因为喜欢这种刷房的味道便让大人以为是我肚子里有了蛔虫，很吃了一阵子那种尖尖的淡黄色的宝塔糖。那糖竟不难吃，有时候我还会把这宝塔糖拿出来与小朋友分享，你一粒我一粒，大家不亦乐乎。

装修房子是件让人高兴的事，先是乱，然后才一点一点完美起来，油漆过后，再把房子粉刷一下，一切就都结束了。这让我想起画匠来了。现在这种画匠已经很少看到了，他们是那路走乡串镇的人，话总是不太多，有些清高，背着一个木箱，木箱不大，打开箱子里边是颜料，所谓的颜料就是各种颜色的油漆，里边还有画笔，还有兑颜色的小碗。这样的画匠简直可以说他是农村知识分子，你真可以把他们这样归一下类——他们不用种地，他们一年四季到处走动，他们好吃好喝，他们还可以把一些新鲜的事情带到四面八方，他们所到之处，就有人马上会把他们迎进家里，和他们商量墙围子怎么画，灶台怎么画。炕上铺的那块大油布是尤其重要，这大油布的四角都要有图案，中间的图案为重中之重，图案是传统的，都有着美好的寓意，比如喜鹊登梅，比如福禄喜寿——"福"是蝙蝠，"禄"是梅花鹿，"喜"是喜鹊，"寿"是一个其大无匹的桃子。再下来，是要接着谈一共要用多少油漆，这油漆又该是多

202

少种颜色。这种商讨都是在喜庆的气氛里进行，因为画墙围子和画油布都是在新房子里进行，一切都是兴头头的，一切都是蒸蒸日上的意思。然后是，买油漆，先是黑油漆，画墙围子的四边和画油布的四边离不开黑油漆，然后是黄油漆、红油漆、绿油漆、蓝油漆、白油漆，油漆的颜色好像也就这么几种，而那各种各样更多的颜色却是要靠画匠自己去调。比如粉色的大朵大朵的西番莲，就是要用白油漆去调红油漆；比如有些人家要在油布子上画兔子和西瓜，瓜是要切开的，要红红的瓤子，但还不能一味地红，让颜色死成一片——这又要看画匠的本事，要能调出民间认为最好看的"西瓜水"的颜色。还要和主家商量，墙围子都要画什么花，或者就是苏杭的山水楼台。在北方，天堂般的好地方好像专指苏州和杭州。一个酒令，我一次次地于酒席上划过，开头的帽子就是：一根扁担软溜溜，我挑上黄米下苏州，苏州爱我的好黄米，我爱苏州的大闺女。苏杭可真是人们心目中的好地方！一般是，墙围子要是画了山水楼台，那么，炕上铺的油布就一定是花和水果，那年月轻易吃不到的东西几乎都要画在油布上，菠萝啊，香蕉啊，甚至花生和大枣，或者还有苹果和鸭梨！更多的是花，梅花、菊花、荷花，西番莲、荷花是大朵大朵的，一定是在中央；但更多的人家是喜欢牡丹，那牡丹也一定是画在油布的中央，大朵大朵的红牡丹与黄牡丹。无论外边是什么样，一进屋，这满炕的色彩缤纷和种种的花卉水果会一下子让人觉着日子是火腾腾的。这样的油布，是满炕铺的，那就是，满炕的鲜花和水果，满炕的色彩！躺在这样的炕上，四周的墙围子上又都是山水和楼台，日子再拮据，粮食再不够吃，心里也有了一分丰盈，不是物质的，更是精神的。所以那走乡串镇的画匠竟也像是乡村的知识分子，他们那一双手，是色彩斑斓，也没法子不斑斓，指甲缝里，甚至是手指的皮肤纹里也都是色彩。他们的心里有各种的颜色与花样，其实也只是一个大样。看他们画画儿像看变魔术，一支笔，把红颜色和白颜色调了，从红到粉，从粉到白，是一个过渡。再用一支笔，先蘸些白，再蘸些粉，再蘸些红，三种颜色就在一支笔上了，然后一笔一笔地画将起来，是西番莲，西番莲的花瓣可不就是这样，是一笔就成，不需要描的，是乡间的笔法，是熟练的好看。一笔，是花瓣儿，再一笔，又是花瓣儿，一笔一笔地下来，一朵西番莲便开放在了那里，都是肉头头的，饱满得像大个儿的馒头。绿叶子都一律着了鲜亮的黄边，那是分外多的一分阳光！一切都是乡间的好看和富足。这在过去，是不觉得有什么特殊的好看，现在想起来，那种生活的形式才格外显示出了它的美。那些现在已经看不到的画匠，他们蹲在炕上，一点一点地在墙围子上描画的，是物质的更是精神的，所以让人感动。许多事物，只是当它们过去或消失的时候才会显示出它们的美来。当年的画匠，把他们的画稿藏着，轻易不肯示人，即使是徒弟。但现在谁还再来学习这样的画法和那样的走乡串镇？谁来传承这技法、这情境？这样一想，让人觉着美的时日竟是这样哗哗哗哗流水样地流走，一点点都不肯为人流连！

在乡下，现在真是很少再看到这样的画匠，背着一个小木箱，四处游走，把想象中的各种水果和花卉，把想象中的各种山水和楼台固定在乡间的生活里……

寸金帖

　　除夕晚上，鄙人多少年来的习惯是一个人坐在那里静静读书，当然一边读书一边还会喝喝茶或吃些炒花生之类的东西，到了后半夜，也许还会再加一杯糖茶，以祈一年的甜甜美美。起码鄙人觉得这样度过除夕是很有滋味的。从小到大，鄙人并不要也不喜欢和许多人在一起谈笑打牌或京剧慢板样的饮酒达旦，也不喜穿新衣。传统的守岁，其实是要人珍惜一年之中最后的时光，只此一念，便要让人心生百念，这纷纷的百念是既美好而又多少有些伤感在里边。鄙乡人们珍惜时光喜欢说的一句话是"一寸光阴一寸金，寸金难买寸光阴"，其实一年三百六十五天天天时光都在那里，并不会特别的为了谁跑到别处或为了谁忽然停顿下来止步不前，而唯有在

206

除夕夜细思细想这句话，才会字字千钧令人心惊。过去还有这样的对联，上联是："无情岁月增中减"，下联是"有味诗书苦中甜"，只前七字，便让人心惊胆跳坐卧难安。世上一切的风花雪月和人世间的一切喜怒原都在这句话里，雨丝风片烟波画船的绮丽真切却又往往转眼如梦。

我的朋友、诗人雷平阳平时并不轻易开口唱歌，有时酒酣耳热便会站起来唱这首"一寸光阴一寸金，寸金难买寸光阴"，那一定是大家都已经喝了不少的酒，他也已经喝了许多。他会扬着头，不看任何人，不顾一切"呵呵呵呵"地唱起来，歌词原是极其简单，但重复唱每一段的后面都要加上一句"唉，可怜人……"每每唱到此，总是令人内心起一番震动。我每次听他唱，眼里亦是有泪。人之可怜，原来并不在黄金白银有多少，而是在于光阴总是一刻不停地从每个人身边流走，把美人变作老妪，把英雄变作常人，把青春变作垂暮，把黄金变作烂铁！时光并不会因为你是英雄它就会停顿下来，也不会因为你是穷人它就会一下子跳开，时光是最最公平的，它总是急切地流走，比怒江的水还流得飞快，一旦流走，便从此再也不会回来做哪怕是短暂的访问。每每听平阳唱这首歌，满座的人心情想必都会百味杂陈。人说来也真是可怜，从生到死，仿佛不过只是一眨眼间的事，回头看看，不觉已长大，不觉已老去，快乐的时光不觉已经"梧桐叶落已成秋"般的变作了遥远的回忆。一个人的快乐大致在童年少年和青年时期，一个人一生的快乐大致都在父母的身边，唯有在父母的身边，一切才是快乐的。啊，那些快乐的日子，那些白玉条条的快乐的日子，怎么会突然都不见了踪影。

早上起来，外面便有零零星星的鞭炮声，到了晚上便会发生了战事一样地大作起来，吃过早饭，便想找找小时候玩的东西，比如泥人，还有那种可以拓泥人的模子，找出来也只是看看，还有一盏小玻璃灯，还是父亲给买的。找这些东西也只是为了想想当年的时光，时光既留不住，回忆还是会在一个人的心里生根。又找出一本老版本的惠特曼的《草叶集》，今天晚上便笃定要读它。

说到除夕的守岁，还有一层爱惜不尽的意思在里边，也并不是只有时光易去的伤感。鄙人今年的水仙开得比往年好，叶片才一指多高便纷纷抽出花蕾，除夕夜有它，其实也就足够，忽然又想到了日本作家川端康成的那篇随笔《花未眠》，其实人未眠花才未眠，人与花原是一样的好。

跋

　　已是深夜，外边下起了雪，雪不大，是若有若无。因为前几天已经立春了，这便是春雪。

　　三本一套的《黍庵集》被北岳文艺出版社的朋友"集腋成裘"般慢慢成就在一起，在这深夜让人感到温暖。这些极散碎的文字，先是在《光明日报》《北京晚报》《羊城晚报》《今晚报》《文艺报》《文学报》《钟山》《上海文学》《长城》《散文》诸刊物上断断续续发表，尔后，便有了这三本。在这三本一套的散文集将要出版之际，原是要说些感谢的话，而一时又不知从何说起，客套话原是对陌生人说的，对多年的老友如果认真说起，倒像是在说什么鬼话，虽不说，日后也是要用茶酒来致谢的。虽然我近年来渐渐不胜酒力，喝茶却还可以。小说与散文，我原是喜欢散文的，因为我本是散文式的人，行止喜乐，均以适意为第一要义。

这套书的出版，还要感谢我的山东朋友宋以柱，花费了许多的时日帮助整理这些散碎的文字，并且写了校勘记，而原先准备要出薄薄的十多本的计划一旦改变，他的校勘记也只能用在日后的书里。

外边下着雪，希望这雪下得再大些，纷纷的，能给人更多的喜悦才好。

丁酉年立春后三日于大同